Régis Jauffret

Autobiographie

Gallimard

Cet ouvrage a originellement paru en 2000
aux Éditions Verticales.

1

J'ai quitté ma famille à dix-huit ans pour aller rejoindre une fille qui habitait une petite ville sans charme. Elle travaillait chez un marchand de meubles. Je passais toute la journée à l'attendre, couché, regardant la télévision, m'amusant à pêcher dans l'annuaire des noms de femmes que je ne connaissais pas, et à les appeler rien que pour entendre un instant leur voix. Je m'endormais en fin d'après-midi quand toutes ces activités m'avaient épuisé. Elle rentrait à dix-neuf heures trente, elle était trop fatiguée pour parler tout de suite. Au bout d'un quart d'heure de silence elle me demandait si j'avais faim, je lui répondais que j'avais envie d'aller au restaurant.

Je la ruinais en sorties, son salaire n'y suffisait pas. Elle empruntait à son employeur, à sa banque, à ses parents. Je lui disais qu'elle était jolie, je lui expliquais que ce n'était pas se prostituer de faire l'amour pour de l'argent quand on en avait vraiment besoin. Elle était dans une situation si critique qu'elle a fini par en convenir, et elle m'a demandé ce qu'elle devait faire. Je lui ai conseillé de proposer ses services à un client du magasin. Elle pouvait le recevoir ici, j'irais faire un tour pendant ce temps.

Plusieurs personnes se sont succédé dans notre lit. Puisqu'elle respectait certaines règles d'hygiène, je ne trouvais rien de dégoûtant dans ce commerce. Elle pleurait après chaque passe, il arrivait même que le lendemain elle ait encore les yeux rouges. Les soirs où nous étions seuls, j'essayais de lui changer les idées, mais elle n'avait le cœur à rien. L'argent me consolait de sa tristesse, nous partions en week-end sur la côte dans de grands hôtels.

Tandis qu'elle était à son travail, je sortais parfois de ma léthargie pour aller m'acheter des vêtements, m'offrir une montre, une gourmette. Quand elle rentrait, je lui disais que j'avais vu dans une vitrine un joli collier, elle l'aurait autour du cou dès que nous serions assez riches. Elle sanglotait, je lui demandais pourquoi elle n'avait ramené personne. Elle piquait une petite crise d'hystérie, donnant des coups de poing aux murs.

J'allais traîner dans les cafés, je revenais avec des garçons à peine plus âgés que moi qui payaient d'avance. Je l'aidais à se déshabiller, à se mettre en position sur le lit. Les ébats ne duraient jamais longtemps, quand ils avaient fini les types partaient sans même demander où se trouvait la salle de bains. Elle s'endormait tout de suite d'un profond sommeil.

Je devais la secouer chaque matin pour qu'elle ne soit pas en retard. À cette époque, il est arrivé qu'elle manifeste du désir pour moi. Je n'ai pas répondu à ses avances, j'éprouvais à présent une répulsion pour son corps, et puis il me semblait bizarre qu'elle puisse l'utiliser sans qu'il rapporte. Je ne me souviens pas de l'avoir trompée, par fainéantise je préférais purger mes sens dans la solitude. J'aimais dépenser, la joie que je retirais de l'achat dépassait de loin celle qu'elle m'avait donnée du temps où nous couchions ensemble.

Souvent, elle était si fatiguée qu'elle préférait rester à la maison, et je partais seul en week-end. Je la retrouvais le dimanche soir encore plus triste. J'avais beau la malmener je n'obtenais d'elle aucun sursaut d'énergie, juste un surplus de larmes dont je ne savais que faire. La nuit, elle me réveillait pour me dire que le chauffage était en panne, qu'elle avait froid. Je posais sa main sur le radiateur brûlant, et je me recouchais. Elle me réveillait à nouveau pour me dire que cette fois l'appartement était vraiment glacé. J'ouvrais la porte palière, je la poussais dehors et je ne la laissais rentrer qu'après quelques minutes. Elle grelottait, je lui demandais si elle sentait à présent comme il faisait chaud ici.

J'en avais assez. Je ne connaissais presque personne, à part la voisine du dessous, une femme de quarante ans qui vivait seule. Nous nous étions croisés plusieurs fois dans l'escalier. Un jour elle m'a proposé de venir prendre une tasse de thé chez elle. Elle me paraissait âgée, bien que son corps semble rebondi, et sa poitrine encore fraîche. Elle travaillait comme assistante dans un cabinet dentaire et elle m'a dit que j'avais un beau sourire. Elle m'a embrassé, nous avons couché ensemble. Avant que l'autre ne rentre de son travail, je suis monté prendre mes affaires personnelles et mes vêtements que j'ai installés dans sa penderie.

Elle criait beaucoup pendant nos rapports, et je me disais que mon ex devait nous entendre, sans savoir que j'étais dans d'autres bras, à quelques mètres au-dessous d'elle. Je ne lui avais laissé aucun mot d'explication. Au cours des semaines suivantes, je me suis arrangé pour ne pas mettre le nez dehors aux heures où je risquais la rencontrer. Quand je l'entendais marcher au-dessus de ma tête, laisser tomber un objet par mégarde, ou faire couler de l'eau, je n'éprouvais aucune nostalgie. Elle était devenue pour moi un fait inerte de mon passé.

Je menais une vie nouvelle, j'étais choyé, on me trouvait des qualités que j'ignorais avoir jamais eues. Elle m'avait inscrit à un cours par correspondance, et comme j'avais très vite abandonné, elle essayait de me donner elle-même des cours d'anglais pour m'obtenir un travail dans une petite entreprise dont elle connaissait le directeur. Je ne progressais pas beaucoup, préférant lui faire prendre des poses dénudées devant le miroir qui occupait tout un mur du salon. Je m'amusais aussi à la faire marcher dans le couloir, à la faire se recroqueviller dans un coin de la cuisine. Et je ne me lassais pas de la pénétrer.

Parfois elle me demandait grâce, je ne la violentais pas. Quand elle me désirait à nouveau, je lui disais que je n'en avais pas envie. Je lui refusais tout service sexuel durant plusieurs semaines. Certains soirs elle pleurait, les larmes la vieillissaient. Quand nous recommencions à faire l'amour, il me semblait à chaque fois que j'éprouvais des sensations moindres, je lui demandais pourquoi. Ma question la rendait triste, on aurait dit que son visage se fronçait comme un rideau, et elle ne me répondait pas. Je lui disais que j'avais besoin de piment, elle avait peut-être une amie qui accepterait de se joindre à nous, à moins qu'elle préfère que notre relation continue à s'étioler.

En définitive, elle m'a cédé. Nous avons eu des relations triangulaires avec une de ses anciennes collègues de travail que nous avons piégée en la faisant boire. Au matin, elle est partie sans un mot, et elle n'a plus voulu nous revoir. Je lui ai demandé d'en contacter une autre, elle m'a répondu qu'elle avait détesté cette coucherie, et qu'elle ne recommencerait jamais.

Les mois suivants, toutes les femmes de son carnet d'adresses ont défilé chez nous. Il était rare que nous n'arrivions pas à obtenir quelque chose d'elles, même si certaines s'en allaient affolées dès les préliminaires.

Ces expériences accroissaient peu mon plaisir. Il m'arrivait de rester à l'écart, laissant les femmes poursuivre sans conviction dans un coin du salon. J'allais faire ma toilette et je me mettais au lit. Je les entendais parler de la pluie et du beau temps en se rhabillant. J'essayais de penser à autre chose pour éviter de rêver d'elles. Je lui ai dit un jour que je ne voulais plus de ces jeux avec des tierces personnes, elle a été d'accord. Nous sommes restés en tête à tête.

Un jour, j'ai croisé dans l'escalier le cercueil de la voisine du dessus solidement tenu sur l'épaule par des croque-morts en costumes noirs. Elle n'avait que vingt et un ans. Je me suis dit que désormais je pourrais aller et venir dans l'immeuble en toute liberté, sans risquer de faire une rencontre gênante. D'après la gardienne de l'immeuble, elle avait perdu son emploi, elle ne payait plus son loyer, elle s'enfermait chez elle presque sans nourriture des semaines entières comme un ermite. On l'avait trouvée morte, alors qu'on venait pour l'expulser. Le décès ne remontait qu'à quelques jours, elle avait avalé un mélange d'eau de Javel et de médicaments contre la douleur qui lui avait perforé l'œsophage. Nous avions dû entendre ses plaintes, nous n'étions pas intervenus, croyant sans doute qu'elle faisait une scène à un fiancé. J'aurais assisté à son enterrement, mais je craignais que sa famille me reconnaisse et cherche à établir une corrélation entre ma présence et son acte désespéré.

Pendant deux mois, nous avons subi le bruit des travaux qu'on a effectués dans le logement où elle était morte. Un jeune couple est venu habiter à sa place. L'homme occupait un poste de technicien dans une usine, son épouse était institutrice dans une école du quartier. Nous les avons invités à déjeuner un dimanche, ils étaient sympathiques. Durant les vacances de Pâques, j'ai rencontré la femme par hasard devant un marchand de journaux. Je suis revenu avec elle, et parvenus à notre étage je lui ai proposé d'entrer boire quelque chose. Elle s'est montrée réticente, j'ai souri, je lui ai dit que je n'insistais pas. Le lendemain, je lui ai apporté des fleurs. Deux jours plus tard, je lui ai offert un petit animal en argent. Puis, je lui ai téléphoné trois fois par jour et je lui ai dit que je l'aimais. Elle était scrupuleuse, tromper son mari la peinait, elle a fini par se laisser faire parce qu'elle a cru que j'étais vraiment fou d'amour.

Le mercredi matin, dès que nos acolytes étaient partis à leur travail, elle me rejoignait. Elle attendait un moment avant de se coucher, car il lui semblait que le lit était encore tiède de la nuit. Le soir, je changeais les draps. Quand elle rentrait du cabinet dentaire, elle pouvait les voir tourner derrière le hublot du lave-linge. Je lui disais que si les draps n'étaient pas impeccables, s'ils ne fleuraient pas la lessive, j'avais le plus grand mal à m'endormir.

Ma concubine se plaignait que nous n'ayons qu'un ou deux rapports par trimestre, je lui disais que son corps n'avait plus aucun effet sur moi, alors que j'avais des érections pour les filles croisées dans la rue, les mannequins des affiches et même pour les vagues souvenirs que m'avait laissés la voisine suicidée au-dessus de nos têtes. Elle était morose, je le lui reprochais, je lui ai dit que dans ces conditions je la quitterais bientôt.

C'est ce que j'ai fait quinze jours plus tard. J'en avais assez de ma vie, ces mercredis au lit commençaient à ne plus me procurer qu'un plaisir très amorti par l'habitude, et toutes mes soirées se déroulaient avec une femme dont je connaissais la conversation par cœur. Je profitais de ma liberté pour rôder en ville l'après-midi. J'ai réussi à avoir plusieurs aventures.

J'ai opté en définitive pour une fille de vingt-cinq ans dont l'appartement possédait une terrasse qui permettait quand il faisait beau de prendre le petit déjeuner au soleil. Mais à la suite d'une dispute, elle m'a mis dehors.

Je ne pouvais pas revenir en arrière, j'étais à la rue. Je n'avais qu'un seul billet de banque, il m'a permis de payer une nuit d'hôtel. Le lendemain j'ai accosté une femme entre deux âges au rayon papier peint d'un supermarché où je m'étais engouffré pour échapper au froid. Je lui ai assuré que j'étais bricoleur et que je pouvais l'aider. Elle s'est vite rendu compte que je n'étais bon à rien, j'ai dû avoir des relations avec elle pour justifier ma présence à son domicile.

Trois semaines après, à mon réveil je l'ai trouvée morte dans le lit. Je suis tout de suite allé prendre un bain pour me décrasser d'avoir passé plusieurs heures dans la proximité d'un cadavre. Je suis resté encore quelques jours sur place, dormant sur un canapé, passant les placards au crible à la recherche d'argent frais. Je suis parti en emportant quelques bijoux. Je les ai vendus.

J'ai connu ensuite une gamine de quatorze ans qui m'a logé le reste de l'hiver dans la chambre de bonne de ses parents. Au printemps, je me suis installé chez une femme rencontrée un matin à la piscine. Elle mesurait dix centimètres de plus que moi, je la trouvais riche avec son appartement au dernier étage d'un immeuble à l'entrée de marbre, et sa voiture qui sentait le cuir. Elle était un peu nymphomane, j'avais des nuits éprouvantes, des vacances qui me laissaient à bout de souffle, sans aucun désir, mais le sexe encore dur, comme s'il était la proie d'une érection éternelle.

J'avais envie de partir, j'ai essayé de circonvenir une voisine d'un étage inférieur, ainsi que la gardienne de l'immeuble et la shampouineuse du salon de coiffure où je me rendais chaque mois. Je n'ai rien obtenu d'elles. Pour me consoler je suis entré en relation avec une fille de dix ans qui regardait la vitrine d'un magasin de souliers. J'ai su lui parler, gagner sa confiance au point qu'elle me recevait dans sa chambre lorsque ses parents étaient à leur travail. Je l'ai aidée à faire ses devoirs, mais elle a obtenu de mauvaises notes et je lui ai conseillé à l'avenir de les faire seule.

Nous étions assez intimes pour qu'elle me parle d'elle, même des transformations que subissait son corps. Si je l'avais voulu, elle aurait accepté de se dévêtir en ma présence, et il se serait sans doute passé quelque chose entre nous. Je craignais la prison, j'ai préféré faire de cette fillette une simple amie et en obtenir des renseignements sur sa mère. J'ai su qu'elle fréquentait une bibliothèque de quartier le samedi matin, notre rencontre a eu lieu alors qu'elle posait la main sur un roman russe. Grâce aux confidences de son enfant, je connaissais ses goûts, ses manies. Je suis parvenu à la convaincre en une semaine de coucher avec moi.

Un mois plus tard nous étions partis tous les trois nous installer dans une autre ville. Elle avait

19

vendu un appartement hérité d'un oncle et nous n'étions pas dans le besoin. Elle ne savait rien de ma complicité avec la petite, qui un jour que nous nous étions disputés, décida sans m'en parler de l'exécuter. En pleine nuit, alors que nous dormions, elle lui a planté une grande paire de ciseaux dans la gorge. Elle en est morte. La police m'a soupçonné, mais trop d'éléments accablaient l'enfant. À la suite de ce drame, je l'ai perdue de vue.

J'avais réussi à me rendre maître d'une faible partie de son argent, et j'ai pu vivre deux mois durant. J'appréciais de pouvoir me taire des jours entiers et de ne pas entrer en contact avec un autre corps que le mien. Je passais mes journées à regarder la moquette de la chambre, ou alors je fermais les yeux. Je ne rêvais pas, je ne me connaissais pas le moindre désir, il m'était impossible de me projeter dans le futur. Je n'avais aucune ambition, si j'en avais eu les moyens je me serais passé à jamais de vie de couple. Quand mon pécule a commencé à devenir mince, j'ai fait des incursions dans un centre commercial proche de mon hôtel. J'adressais la parole aux clientes des parfumeries, j'ai réussi à coucher avec l'une d'elles. Par son intermédiaire, j'espérais entrer en relations avec d'autres recrues. Elle était avare de ses amies, elle n'a pas organisé la moindre rencontre.

J'ai dû me rabattre sur une fille assez laide qui achetait un soir du maquillage avec une lueur de disponibilité au fond des yeux. Elle vivait encore chez ses parents, je n'étais pas le premier qu'elle installait dans sa chambre de jeune fille. Son père était sympathique, sa mère se plaignait que je laisse la salle de bains en désordre. Je voulais que nous nous installions ailleurs, mais elle refusait de laisser tomber ses études pour prendre un emploi qui nous aurait donné notre indépendance.

Je suis parti, j'ai trouvé refuge chez une de ses camarades de faculté qui vivait seule dans un deux-pièces. Elle n'admettait pas de nuit sans coït, mais elle me laissait dormir le matin sans essayer d'obtenir de moi une resucée. Elle avait un dos granuleux, en revanche il se terminait par des fesses lisses et élastiques. J'aimais les malaxer pendant que mon pénis allait et venait dans sa vulve.

Un jour une de ses tantes est venue la voir en son absence. J'ai réussi à la séduire, le lendemain j'habitais avec elle dans sa villa. Elle avait une sœur défigurée par une cicatrice sur la joue, elle n'a jamais voulu que nous couchions ensemble tous les trois. J'ai eu des relations avec elle seul à seul sur le petit matelas qui traînait au fond de la camionnette qui lui servait à transporter les fripes qu'elle vendait à l'occasion dans les foires. Elle m'a fait connaître sa fille, chez qui je me suis installé trois semaines plus tard.

On la soignait, elle était aliénée, prématurément vieillie par la folie. La nuit elle restait des heures aux toilettes, quand elle revenait se coucher elle exhalait une odeur insupportable de désodorisant à la lavande. Pendant le sexe, il lui arrivait de se dégager soudain et de se mettre debout sur le lit. Elle passait deux nuits sur cinq à l'hôpital, ces nuits-là je pouvais dormir mon saoul et je me réveillais le matin en pleine forme. Je me levais tôt, je sortais vite, afin d'éviter de la rencontrer à son retour et d'être contraint de participer à un coït. Je m'étais aperçu après un mois de vie commune, que son visage marqué, son corps catastrophique, et en particulier la couleur presque jaune de sa peau cuite par la démence, me répugnaient.

Un matin, elle m'a croisé dans l'escalier, elle a exigé que je remonte avec elle. La perspective de devoir appliquer ma personne sur la sienne, de la laisser prendre mon sexe dans sa main pour en compléter la béance de son vagin, m'a rendu furieux. Je l'ai poussée de toutes mes forces, sa tête a heurté une marche et elle a dévalé jusqu'au rez-de-chaussée. Je suis parti droit devant moi, de rue en rue, me demandant si elle était morte, ou si elle en serait quitte pour quelques ecchymoses qui l'enlaidiraient à peine.

2

J'ai marché jusqu'au soir, j'ai passé la nuit sous un abri d'autobus. Au matin, comme j'avais dépensé la veille mes dernières pièces, j'ai raflé la moitié d'un pain dur coincé dans le couvercle d'une poubelle. J'ai abordé une femme qui montait dans sa voiture, mais je n'étais pas débarbouillé, mes vêtements étaient froissés, et elle a fermé la portière sans un mot. Je me suis lavé le visage et les mains à l'eau glacée d'une fontaine. J'ai secoué ma veste, je suis entré dans un magasin de bonbons où j'avais remarqué en passant un petit chien dont je pouvais me faire un allié afin de séduire la vendeuse. L'animal n'a pas supporté mes caresses, pour éviter d'être mordu j'ai fait un mouvement brusque, une foule de sucettes à faces de clown sont tombées par terre. Je me suis excusé, mais la fille m'a aspergé avec un aérosol lacrymogène. Je suis sorti aveuglé, frottant mes yeux, hurlant et bousculant tout le monde.

J'ai souffert toute la journée. J'ai passé la nuit suivante dans l'entrée d'un immeuble. Le lendemain, il m'a semblé que je commençais à sentir mauvais. Je ne savais pas voler, il n'y avait pourtant pas d'autre solution. Je me suis dit qu'en prenant mon élan je pourrais arracher un portefeuille et courir me cacher dans la cohue d'un boulevard populeux. J'ai choisi un homme à la veste entrouverte, il était trop vieux pour me rattraper. J'ai pu m'offrir un repas chaud, ainsi qu'un petit flacon d'eau de Cologne dont je me suis frictionné.

Rassuré sur mes charmes, j'ai essayé d'entrer en conversation avec une enfant perchée sur des patins à roulettes. Sa mère était dans les parages, elle m'a rabroué. J'ai circonvenu un petit mâle de huit ans qui portait la clé de chez lui autour du cou. Il m'a permis d'accéder à la salle de bains familiale et d'en sortir rasé et net. J'ai pris des vêtements propres dans l'armoire de son père, ainsi que de l'argent dans le petit coffre de son bureau. En partant, je lui ai promis que je reviendrais le voir le soir même à bord de ma soucoupe volante.

Par prudence, j'ai quitté ce quartier. Je me suis installé dans un appartement meublé, j'ai joui pendant plusieurs jours de la satisfaction élémentaire d'avoir un abri. La propriétaire de la résidence ne me plaisait pas, néanmoins j'ai fait en sorte que nous couchions ensemble. Elle habitait au rez-de-chaussée, la baie vitrée du salon s'ouvrait sur un jardinet. Elle avait des meubles apparemment coûteux, elle évoquait souvent des souvenirs d'enfance qui se déroulaient dans des villas au bord de la mer ou sur des bateaux. J'aurais voulu obtenir d'elle un don pécuniaire, d'ailleurs je lui ai fait part de mon désir plusieurs fois. Elle croyait que je plaisantais, elle m'offrait à la place une prestation sexuelle dont je n'avais que faire.

Je lui prenais sa bague, je la mettais à mon doigt, je lui demandais si je pouvais la garder. Je vidais son sac, elle me courait après dans tout l'appartement pour récupérer l'argent que j'avais enfoncé dans mes poches. Elle s'imaginait que je l'aimais, elle me disait qu'elle ne pouvait me faire de plus belle offrande que son corps. Je dévalorisais sa poitrine petite et sans vie, son ventre distendu, et tout le reste que j'avais trouvé en mauvais état, avec un toucher désagréable qui n'incitait pas à en faire usage. Elle riait à pleine gorge, j'étais exaspéré, je m'en allais en claquant la porte.

Je faisais un tour dehors, j'achetais un journal, je buvais un café. J'aurais volontiers passé la soirée seul, et la nuit dans un lit qui n'aurait été peuplé que de moi. Je regrettais cette promiscuité constante avec la femme, alors qu'il est si bon de se sentir libre paquet de chair, d'organes, d'os, sans attache, sans aucune zone de contact avec autrui, ni conduit partagé avec personne. Je me berçais même de l'illusion que j'avais toujours été adulte, que je n'avais jamais subi la promiscuité de la grossesse.

Je retournais à la résidence, elle m'attendait en sous-vêtements. Elle me demandait où j'étais passé, elle se collait à moi. Je lui disais que j'avais besoin parfois de prendre l'air et elle me soutirait un coït dont j'avais envie comme d'un malaise. Un soir, elle a organisé une petite réception pour ses quarante-trois ans. Par prudence, elle n'avait invité que des couples et des hommes seuls. Elle ne voyait plus ses amies célibataires, à part une fille dégageant une odeur de vide-ordures qui n'avait pu se libérer ce soir-là. Le lendemain j'étais parti avec la femme d'un architecte d'intérieur qu'elle avait convié pour revoir la décoration de son appartement. Elle était très jeune, elle se laissait pénétrer sans se plaindre, mais elle ne prenait jamais d'initiative.

Nous avons habité une petite maison à la campagne qui appartenait à ses parents. Ils n'y venaient pas en hiver, la clé était dissimulée sous une pierre à l'entrée du jardin. Il y avait un tonneau et des conserves à la cave, nous n'avions pas besoin de sortir pour faire des courses, nous restions au lit des dizaines d'heures d'affilée. L'électricité était coupée, les tuyaux étaient gelés, nous ne buvions que du vin, nous faisions notre toilette à sec avec des serviettes dont nous frottions vigoureusement notre épiderme. Quand je m'ennuyais, je lui demandais de me raconter une histoire, elle me regardait bouche bée avec ses yeux d'enfant stupide.

Un matin qu'elle dormait, je suis allé faire un tour au village. Je ne suis même pas revenu chercher mes affaires, la femme chez qui je me suis installé s'occupait de la comptabilité des commerces des environs. J'appréciais l'eau froide, l'eau chaude, la lumière des ampoules, la chaleur des radiateurs de son logement. Elle me caressait l'entièreté du corps avant chacun de nos coïts. D'après ses confidences elle n'avait jamais éprouvé grand-chose pendant l'amour, mais elle aimait la sensation de fatigue qui s'ensuivait et l'emmenait tout doucement vers le sommeil. Il lui arrivait de me réveiller à deux heures du matin, afin que je lui administre ce remède contre l'insomnie. Elle aurait voulu que je m'occupe durant la journée, elle me donnait des commissions à faire, des lettres à poster. Je les déchirais en petits morceaux que j'éparpillais dans un ruisseau. Un jour, pour me montrer que ses affaires pâtissaient de mon incurie, elle a supprimé la viande et les fruits de notre repas. Le lendemain, je vendais aux voisins une paire de fauteuils pour déjeuner au restaurant. Le soir, je refusais de me mettre à table. Elle s'est aperçue de la disparition des sièges, elle était sur le point de me dénoncer.

J'avais fait connaissance au café du village d'une sorte de nomade qui vendait des bijoux de pacotille. Je suis parti avec elle. Nous avons pris le car jusqu'à un petit centre urbain où elle avait un point de chute. Nous partagions le logement d'une de ses amies qui tirait le diable par la queue en faisant des massages. Pour éviter de la gêner dans son commerce, nous n'avions des rapports que la nuit et dans la journée quand la salle d'attente était vide.

La masseuse ne me plaisait pas, j'ai pourtant préféré rester avec elle plutôt que de reprendre la route avec l'autre. Je me sentais bien dans ce trois-pièces qui comportait une petite véranda où je passais mes journées à observer les nuages et les véhicules qui faisaient le tour d'un rond-point avant de reprendre le large sur l'autoroute. Quand les clients manquaient, nous passions des heures dans la chambre, sans avoir la moindre idée du temps qu'il faisait dehors.

Le soir, je m'apercevais que je n'avais pas vu la lumière du jour. De colère, je renversais mon verre à table, je donnais des coups de manche de couteau sur l'assiette pour la fendre. Elle me demandait ce que j'avais, je renversais la carafe, je lui disais que le gratin avait un goût. Je la voyais furieuse contre moi, je craignais qu'elle m'expulse, et pour rentrer dans ses bonnes grâces je lui disais lâchement que j'avais envie d'elle. Le temps de nous mettre à moitié nus, et nous étions emboîtés l'un dans l'autre comme une paire d'humains gigognes. J'essayais de conclure en vitesse, mais mon organisme fatigué par les prestations de la journée tardait à projeter en elle la cuillerée de sperme qui m'aurait rendu ma liberté. Il me fallait parfois plusieurs heures avant d'arriver au bout de mes peines.

Un jour, elle a attendu la clientèle jusqu'à midi, puis elle s'est enfermée avec moi dans la chambre jusqu'à dix-neuf heures. Je n'en pouvais plus, au cours du dîner j'ai jeté le contenu du plat par la fenêtre. La perspective de faire l'amour avec elle toute la nuit pour excuser mon mouvement d'humeur m'a effrayé, je suis parti sans même lui demander de l'argent pour ma survie.

La ville était minuscule, les rares rues étaient bétonnées, sans la moindre anfractuosité où se dissimuler. Il n'y avait que deux cafés, ils étaient déjà fermés, leurs ordures rangées dans de grandes lessiveuses de plastique vert me dégoûtaient trop pour que je m'enhardisse à les remuer. Je suis entré dans le dernier restaurant encore ouvert. Outre quelques dîneurs disséminés dans la salle, il y avait une femme seule. Je me suis assis à sa table. Elle n'osait pas me regarder, je détaillais son apparence. Elle avait de grands yeux clairs, le nez aussi était grand, les seins lourds semblaient en poires, et je supposais qu'elle était assise sur des fesses confortables qui formaient une zone de contact bien ronde sur la chaise.

J'ai commandé, j'ai mangé en lui parlant entre chaque bouchée. Je voulais surtout qu'elle sache que je n'avais rien, que sitôt installé chez elle il faudrait qu'elle subvienne à tous mes besoins.

Elle n'a pas voulu régler mon repas, je lui ai fait remarquer que je l'avais remboursée d'avance par le monologue d'une heure que je venais de lui servir. Elle s'obstinait, je l'ai embrassée de force, je lui ai glissé dans l'oreille que si elle ne m'aidait pas je mettrais fin à mes jours cette nuit. Elle m'a cru, elle a payé pour moi, je suis sorti du restaurant dans son orbe.

Elle ne voulait pas que je monte dans sa voiture, j'ai dû m'imposer. J'ai passé la nuit chez elle sur le tapis de sa chambre. Le lendemain, elle voulait que je m'en aille, mais elle était nue sous sa chemise de nuit et il m'a été facile d'introduire mon pénis entre ses jambes. Elle s'est laissé faire avec un plaisir que des gémissements et des cris ont rendu perceptible. Avant de sortir, elle m'a donné de l'argent pour que je puisse passer le temps jusqu'au soir. J'ai déjeuné de plusieurs gâteaux sous film plastique. J'ai bu des cafés debout, devant un distributeur automatique. J'admirais le mouvement coordonné des pièces et de la boisson, qui me rappelait celui des organes et de la semence.

Elle est rentrée à dix-huit heures avec des sacs remplis de provisions. Avant même de répartir leur contenu dans le frigo, elle a relevé son manteau, sa robe, et nous avons copulé dans la cuisine sous la lumière blanche du néon à bout de course qui clignotait. Ensuite, elle était si gaie qu'elle s'est mise à chanter. Elle a cuisiné un repas rapide que nous avons consommé avant de nous mettre au lit. J'aimais son sexe serré, qui contrefaisait celui d'une adolescente.

Nous sommes arrivés au bout de notre étreinte, je me suis assis dans le lit afin de reprendre mon souffle. Elle m'a reproché mon attitude de la veille au restaurant. Pour couper court, j'ai enfoui mon visage dans son vagin, serrant ses cuisses sur mes oreilles pour ne plus l'entendre. J'ai passé la nuit dans cette posture, quand j'ai enfin levé la tête, il faisait grand jour dans la chambre. Elle dormait d'un profond sommeil. Je me suis allongé à son côté pour dormir aussi. Le réveil a sonné, elle s'est levée. Après sa douche elle est venue m'embrasser. Elle m'a demandé de me dépêcher afin de ne pas la mettre en retard. Sitôt notre accouplement terminé, je me suis rendormi.

Elle m'a réveillé le soir en rentrant. Quand notre coït s'est achevé, elle a voulu que je recommence. Je me suis enfui le lendemain matin en emportant le peu d'argent qu'elle avait dans son sac. J'ai fait du stop, j'ai pris le train dans une gare inconnue. Je suis monté dans un

wagon, il y avait une femme dans un comparti-
ment vide. J'ai tiré les rideaux, nous avons eu
une union rapide, puis elle m'a dit qu'elle aimait
vivre seule et qu'elle ne m'accepterait jamais
dans sa maison. Je suis descendu à l'arrêt suivant,
j'ai pris un autre train qui m'a précipité dans les
bras d'une femme sans fortune, locataire d'une
roulotte stationnée en fraude sur le parking d'un
supermarché. Je l'ai aidée à se prostituer, elle enfonçait la moitié de ses gains dans une grande
bouteille dont elle était fière de voir le niveau
grimper. Je dormais sur une couchette au-dessus
d'elle, nous n'avions des relations sexuelles que
lorsqu'elle avait besoin que je lui remonte le
moral, le reste du temps les passes suffisaient à
rassasier sa libido.

M'abandonnant la roulotte, elle a disparu
avec son magot. Je l'ai remplacée la semaine suivante par une autre sans attrait. Cette nouvelle
compagne ne gagnait rien, et elle était si pauvre
qu'elle n'avait jamais senti dans sa main le glisse-
ment furtif d'un billet.

Quand j'avais des insomnies, j'arpentais le
parking, regardant en l'air vers les étoiles, ou cher-
chant sur le sol goudronné un petit objet qui
brille comme du diamant. Je me disais que je
n'aimais pas la vie, que chacune de mes journées

existait juste pour permettre de faire avancer mon cadavre d'un cran. Pourtant je n'avais aucune raison de précipiter les choses, ma vie était sans saveur mais indolore comme un suicide idéal.

Je sortais parfois du parking, je regardais les lampadaires en enfilade, les feux de signalisation verts, rouges, oranges, clignotant à perte de vue. J'avais beau marcher, je ne rencontrais personne, les gens étaient dans les immeubles éteints, rien n'aurait pu les en extraire. Je prenais conscience de ma solitude, tous ces contacts organiques que j'avais eus dans le passé m'éloignaient encore davantage des femmes où je plongeais mon antenne.

Je revenais sur mes pas, je pénétrais dans la roulotte. Avant de gagner ma couchette, j'avais un rapport pour essayer de me changer les idées. Le matin, elle se plaignait d'avoir été réveillée brusquement, d'avoir ressenti mon intrusion comme une brûlure dont la douleur perdurait. Bien que je ne sois pas encore très bien réveillé, elle m'imposait de la pénétrer comme pour soigner le mal par le mal. Nous passions le reste de la journée assis sur des chaises, à regarder les voitures se garer, les gens en sortir, trottiner jusqu'au magasin, revenir vider leur chariot dans leur coffre et s'en aller vers un lieu d'habitation dont nous ne saurions jamais rien. Il m'est arrivé de pousser une femme dans sa voiture, de faire des vagues en elle, de baver mon sperme et de m'excuser ensuite de lui avoir infligé un contact aussi fruste.

Je retournais m'asseoir. Là-bas, le soleil mettait en évidence le teint blafard d'un homme insouciant comme s'il lui restait encore des années de vie, alors que l'eau qui servirait à fabriquer les larmes qu'on verserait à son enterrement était en train d'être bue. J'aimais voir les familles joyeuses repartir dans des voitures pleines à craquer de victuailles et de produits ménagers. J'enviais leur bonheur simple de se sentir protégés par la marchandise accumulée autour d'eux comme des sacs de sable. Il y avait aussi ceux qui sortaient du magasin avec un seul article, qui n'avaient pas de véhicule, qui s'en retournaient à pied, et que j'imaginais partageant cet unique achat avec leur famille aux yeux usés à force de regarder défiler les biens de consommation sur l'écran du vieux téléviseur à bout de souffle récupéré trois mois plus tôt sur un trottoir.

Nous n'avions pas d'argent non plus, nous préférions remplacer déjeuners et dîners par des coïts, plutôt que de faire des repas infâmes qui à la longue auraient fini par nous déprimer. Quand il pleuvait, je restais sur elle toute la journée, avec pour seule distraction une lucarne par où je voyais les gouttes s'écraser sur les carrosseries, sur le goudron, sur les gens qui courbaient l'échine ou s'abritaient fièrement sous des parapluies multicolores.

Le soir, nous étions écœurés de tout ce sexe qui nous avait bercés des heures durant, comme si nous avions été enfermés dans la cabine d'un bateau en pleine mer. S'il pleuvait encore, nous poursuivions malgré tout jusqu'à onze heures ou minuit, car autrement la sensation de faim devenait insupportable.

Il nous arrivait de manger des paquets de biscuits tombés des chariots, ainsi que des fromages, des laitages de toutes sortes que les employés du magasin mettaient au rebut quand ils avaient atteint leur date de péremption. Nous avions honte de nous alimenter comme des rats, sans avoir le courage de nous laisser tout à fait mourir de faim. Je lui reprochais de ne pas gagner d'argent et de supporter que je mène cette pauvre vie.

Pour améliorer notre condition, elle a proposé aux clients du supermarché de nettoyer leur voiture pendant qu'ils faisaient leurs courses.

Elle utilisait des éponges, des chiffons, elle manquait d'un jet d'eau. Après sa prestation, les gens retrouvaient leur véhicule plus sale encore, ils refusaient de payer. J'aurais voulu qu'elle se prostitue, mais à la lumière du jour son physique ne tentait personne, et la nuit les alentours étaient déserts.

Bientôt la direction du magasin déciderait de débarrasser notre roulotte de son parking. Un matin à l'aube, nous sentirions une sorte de balancement bizarre. Notre habitation se trouverait au bout d'un câble, la grue nous déposerait sur la plate-forme d'un camion qui nous jetterait dans une décharge.

3

Auprès d'elle, mon existence était dans une impasse. Je manquais de tout, mon organisme ne fabriquait plus qu'une peau sèche, craquelée. J'avais l'impression que même mon cerveau manquait de protéines, et ne produisait plus qu'un état de conscience étriqué, sombre comme un cachot. Pour me faire plaisir, elle s'enfonçait dans le magasin avec un sac dissimulé sous son manteau. Elle rapportait des nourritures chères et des vins fins. Le jour où elle s'est fait prendre, je l'ai quittée. J'ai fouillé la roulotte avant de partir, je n'ai pas trouvé le moindre objet qui vaille la peine d'être emporté.

Avec mes vieux vêtements sur le dos, j'avais l'air d'un vagabond. Je marchais vite, bifurquant de rue en rue quand je croyais apercevoir à l'horizon une voiture de police. Je mangeais le contenu des gamelles placées dans des recoins pour nourrir les chats. Ma digestion était difficile, pour me soulager je devais me dissimuler entre deux voitures. Je me trouvais entouré d'une ville qui m'était hostile, j'étais trop sale, je ne pouvais pénétrer dans aucune boutique, aucun café, ma présence aurait rendu l'air irrespirable et peut-être même teinté les murs d'une odieuse couleur isabelle.

Quand je rencontrais une bouteille à moitié bue le long d'un pylône, je la vidais. L'alcool me rendait euphorique un moment, puis je m'allongeais sur une marche d'escalier et je dormais. Mon réveil était désagréable, les passants étaient mats comme des trous dans le paysage, ils avançaient en frétillant. Je leur adressais la parole, ils ne me répondaient pas. Je criais, et leur allure s'accélérait.

Il m'arrivait de parler à une femme dans le même état de dénuement que moi, et malgré mon profond dégoût de sa crasse j'avais un rapport avec elle à la nuit tombée, par terre, sur une couverture déchirée. Elle s'endormait dans mes bras, je profitais de son sommeil pour fouiller ses hardes. Je trouvais des souvenirs en fer blanc, en métal doré, des pièces de monnaie, je lui laissais presque tout. Une fois j'ai découvert sur l'une d'elles cinq billets réunis par une épingle à nour-rice. Grâce à cet argent, j'ai pu acheter quelques vêtements bon marché, et faire une toilette de trois jours sous la douche d'une chambre d'hô-tel. J'appréciais surtout la propreté de l'air qui ne sentait pas l'odeur des voitures, des excréments des chiens et celle des autres clochards dont je partageais l'habitat précaire.

Quand j'ai été propre, j'ai passé mes journées dehors à prospecter dans les lieux publics. Je suis entré en contact avec une femme assez grosse, mais au corps lisse comme une fillette. Elle possé-dait un vaste appartement, je lui ai proposé de m'installer chez elle. Elle était d'accord, à condi-tion que je paie la moitié du loyer et de toutes les autres dépenses de notre futur ménage. Je lui ai fait observer qu'elle était handicapée par son poids, et que j'étais assez mince pour mériter une compensation matérielle, sous la forme par exemple de l'hébergement, de la nourriture, et des faux frais. Ma façon d'envisager les choses l'humi-liait, mais la crainte de me perdre l'a emporté.

Je lui ai fait acheter des tapis pour cacher le carrelage gris anthracite qui me rappelait trop la rue. Nous nous accouplions dans le vestibule souvent sur un tapis chinois, même si elle se plai-gnait ensuite de douleurs dans la colonne vertébrale. Elle avait un vélo d'appartement, je m'amusais à la regarder pédaler des matinées entières. J'aimais l'arracher à la selle et la prendre ruisselante de sueur. Nous avions des coïts à tout propos, la moindre discussion entraînait une intromission. Quand nous étions mécontents du jeu d'un acteur à la télévision, la conséquence immédiate était une escarmouche sur un des fauteuils où nous étions assis quelques instants plus tôt.

Elle tenait une comptabilité de nos amours, quand la courbe fléchissait elle m'accusait de la tromper, elle me demandait de payer ma nourriture, ou de transpirer comme elle sur le vélo à titre expiatoire. Elle voulait surtout me mettre au travail, comme l'assistante dentaire et la comptable en avaient eu l'idée autrefois. Elle m'apportait des pères Noël à fixer sur des guirlandes électriques, des personnages en plastique dont il fallait peindre les cheveux à la main, et un grand sac de paillettes de strass à coller sur des cartes postales. Elle s'étonnait que la besogne n'avance pas et que le matériel disparaisse. Je ne lui fournissais aucune explication, un coït suffisait à lui clouer le bec.

Quand elle était absente, je sonnais à toutes les portes de l'immeuble. Il arrivait qu'une femme m'ouvre, je lui disais que j'étais son voisin, et j'essayais d'entrer chez elle. Si nous avions une relation sexuelle, je lui disais que j'étais épris, que j'espérais partager un jour son existence. D'habitude la femme se moquait un peu de moi, mais parfois son visage devenait grave, sa bouche s'ouvrait sans rire pour dire qu'elle m'aimait aussi. Je savais donc qu'en cas de rupture je pourrais toujours m'abriter chez l'une ou l'autre. Je pouvais me montrer encore plus inflexible avec elle, sans craindre de retrouver la rue.

Elle s'obstinait à vouloir me soustraire à l'oisiveté. Quand nous allions dîner au restaurant elle demandait au directeur s'il n'aurait pas une place de serveur pour moi. Il lui arrivait en plein coït de me demander pourquoi je n'essaierais pas de poser pour un peintre, ou devenir le temps des soldes vendeur dans une boutique de vêtements. Le matin avant de partir à son bureau, elle me réveillait. Elle aurait voulu me voir descendre acheter le journal, et passer la journée à répondre aux petites annonces. Dès qu'elle avait tiré la porte derrière elle, je me recouchais. J'avais du mal à me rendormir, je fulminais, me promettant de prendre la fuite.

Elle m'exaspérait, j'éprouvais du plaisir à me montrer désagréable. Je lui disais que lorsque je ne serais plus là son physique l'empêcherait d'avoir d'autres relations sexuelles d'ici sa mort, et qu'elle n'avait pas de monde intérieur assez développé pour pouvoir pratiquer une masturbation libératoire. Elle se frotterait aux meubles, aux murs, elle se trémousserait sur le sol comme une bestiole. Le soir elle prendrait les transports en commun dans l'espoir qu'un maniaque lui porte atteinte dans la cohue. Elle envierait les malheureuses des faits divers, au visage brouillé à coups de rasoir, mais aux parties basses violées par un sexe d'homme de chair et de sang. Les bains froids ne l'apaiseraient pas, elle se réveillerait douze fois par nuit pour remplir ses sous-vêtements de glaçons. À son travail elle s'isolerait aux toilettes pour s'enduire de pommades balsamiques dont l'application ne ferait que l'irriter davantage. Elle se suiciderait à la cinquantaine, quand elle comprendrait qu'elle ne serait plus jamais l'objet du désir de personne.

Elle avait une façon de pleurer par saccades, on aurait dit que ses yeux éjaculaient les larmes, je n'aurais pu les toucher ou les boire sans avoir le sentiment de m'invertir. Quand j'en avais assez d'entendre son chagrin, je lui appliquais un cruel coït qui lui faisait pousser les hauts cris et dont il lui fallait toute une nuit de sommeil pour se remettre. Au matin, elle m'embrassait avec une petite bouche hésitante, ne sachant si elle devait me remercier ou me garder une rancune tenace.

Souvent le soir elle ne me retrouvait pas à la maison, je passais la nuit chez une voisine. Je revenais le lendemain, elle ne se permettait pas de me faire le moindre reproche, elle sentait que les jours de notre idylle étaient comptés. Elle aurait craint qu'une dispute puisse en hâter la fin.

Elle s'est mise à me faire des cadeaux, et je lui empruntais de l'argent. Je ne venais plus qu'une nuit sur trois, une nuit par semaine, par décade, et elle m'attendait comme le messie le reste du temps. Elle m'accueillait avec un grand sourire, elle me demandait si je voulais qu'elle commande des huîtres, elle ouvrait une bouteille de champagne, elle me proposait des caresses précises, elle m'offrait même de s'en aller si je préférais passer la soirée seul. Je la laissais se décarcasser. Lorsque les huîtres étaient dans mon estomac et mon sperme dans le sien, je lui disais qu'elle pouvait partir. Il y avait dans ses yeux un peu de déception, mais elle avait la force de garder un visage sec, empreint même d'une gaieté simulée plus agréable à voir qu'une figure amère de femme bafouée.

Je passais la nuit seul dans le grand lit, elle revenait au matin se doucher. Je lui ai dit un jour de me laisser de l'argent sur la table de nuit pour que je puisse faire changer la serrure. Elle a obéi. Le soir elle a dormi chez une parente, avant de trouver une chambre à louer le lendemain. Elle a continué à payer le loyer de l'appartement durant des mois, je m'en suis servi de tanière où je pouvais méditer à l'abri des intempéries et des humaines.

Elle me téléphonait parfois. Je lui demandais d'être brève, je lui accordais trente secondes, il n'en restait déjà plus que vingt, et je raccrochais sans attendre l'expiration du temps que je lui avais donné. J'ai vendu ses meubles et toutes ses affaires, elle n'a jamais osé me les réclamer. Elle devait éprouver un certain plaisir à n'avoir plus rien, le même que l'on ressent parfois à être nu.

Parmi toutes les personnes que je connaissais dans l'immeuble, j'essayais de sélectionner celle qui me conviendrait le mieux. J'ai choisi une femme de la seconde jeunesse qui vivait avec sa fille de quinze ans, et dont le foyer était très gai. J'aimais l'animation que généraient tous ces adolescents qu'amenait la gamine. Il m'arrivait de me mêler à leurs conversations. Je riais, je criais, je gesticulais. Je les enviais d'avoir un âge aussi léger alors que je me sentais lourd, une espèce de soldat de plomb, aux jambes faussées, au visage déjà écaillé. Je me rendais bien compte qu'ils se moquaient de moi, qu'ils me couvraient déjà du même mépris qu'ils vouaient à leurs parents.

Vers minuit, quand la gamine était couchée et ses amis rentrés chez eux depuis longtemps, je me retrouvais seul avec sa mère. Elle voulait que je la déshabille, que j'apprécie sa lingerie, que je lui fasse un compliment sur sa poitrine, ses hanches, ses fesses et sa paire de cuisses encore bronzées. Je lui disais que son corps était satisfaisant, durant encore cinq ou six années elle pourrait le montrer à un partenaire en vue d'un coït. Elle ne me trouvait pas assez enthousiaste, elle me griffait. Plutôt que de répliquer, je lui montrais mon sexe mou qui ne voulait pas d'elle. Elle était vexée, elle me jetait à bas de son lit.

Le matin, elle me retrouvait enlacé avec sa fille, dans sa petite chambre aux peluches récemment exilées au-dessus de l'armoire à linge. Elle se comportait comme une furie, la tirant hors des draps, lui arrachant les cheveux en s'apercevant qu'elle était complètement nue, tachée de sperme, son pyjama roulé en boule sur la moquette. L'enfant se défendait en essayant de lui dégager les yeux des orbites.

Un soir qu'elle m'avait fait une réflexion au cours du dîner, je l'ai avertie que je n'aurais pas d'érection pour elle durant un mois. Elle s'est mise à sangloter, tandis que sa fille riait dans son yaourt. Au cours de la nuit, j'ai pris la fuite avec la gamine. Nous avons vidé le compte de sa mère grâce à ses cartes de crédit. Nous avons dormi chez un de ses anciens petits amis. Il connaissait bien le corps de l'enfant, il m'a parlé avec nostalgie de sa vulve orange comme un fruit. Je lui ai répondu qu'elle n'avait pourtant qu'un organe ordinaire, dont la carnation était identique à celle de ses gencives. J'ai même établi une comparaison à la lumière d'une lampe qui éclairait ses muqueuses avec une précision chirurgicale.

4

À l'aube, nous avons pris le car jusqu'à un petit village perdu en pleine campagne que j'avais repéré sur une carte. Nous sommes descendus dans une auberge. Notre chambre donnait sur la forêt, l'absence de bruit m'incommodait. Elle était contente de manquer l'école, elle dansait devant la fenêtre comme une idiote. Je lui ai dit de se dénuder, nous avons eu un rapport. Elle a fait sa toilette dans la salle de bains aux sanitaires blancs, craquelés comme de vieilles peintures. Après, elle a remis ses vêtements. En fin de matinée, il a fallu qu'elle arrange sa tenue de manière à ce que je puisse la pénétrer, puis elle s'est essuyée avec le drap. Nous avons recommencé tout de suite. Un quart d'heure plus tard, j'ai interrompu la succion qu'elle exerçait sur mon sexe, car j'avais peur qu'il soit trop tard et qu'on refuse de nous servir à la salle à manger.

La pièce était grande et sombre. À part nous, il y avait un couple de vieillards près de la cheminée. J'avais du mal à déglutir la nourriture, elle me semblait comme autant de parties génitales chaudes et odorantes qui cherchaient à me violer. Je me raisonnais, je faisais exprès d'avaler des morceaux de gibier sans les mâcher et je buvais de grands verres de vin pour me griser.

Elle pataugeait encore du bout de la cuillère dans la crème glacée de son dessert, quand je lui ai dit de venir avec moi se promener dans la forêt.

Il faisait froid, le soleil n'était pas parvenu à faire fondre les flaques glacées. Elle n'aimait pas marcher, je lui racontais que nous allions bientôt faire halte dans un petit chalet rouge et blanc. Nous avons été arrêtés par un arbre arraché qui barrait le chemin. J'ai réalisé à ce moment-là que je m'apprêtais à l'étrangler. Je ne me voyais pas la cacher sous des feuilles mortes, ni courir pendant des années pour échapper aux représailles.

Nous avons fait demi-tour. Arrivée à l'auberge, elle grelottait. Elle a pris un bain bouillant. Je lui ai dit que sans elle je serais plus heureux et qu'elle n'avait qu'à appeler sa mère pour qu'elle vienne la chercher. Elle a sauté hors de la baignoire, elle s'est agrippée à moi. J'ai quitté la chambre, la traînant dans le couloir comme un appendice. J'ai cru qu'elle se détacherait d'elle-même dans l'escalier. Il a fallu que j'arrive dans le jardin pour que le froid la saisisse et qu'elle se laisse tomber sur le gravier.

J'ai trouvé un taxi, il m'a déposé trente kilomètres plus loin dans une ville neuve. Il faisait déjà nuit, il y avait une place avec quelques magasins et des cafés. Les gens avaient des visages fermés, on sentait qu'ils craignaient les conversations inopinées avec des inconnus. Là-bas, on distinguait des néons de couleur qui semblaient faire partie d'une enseigne.

J'ai marché. C'était un grand hôtel. Ma chambre donnait sur un jardin, agrémenté d'un bassin, d'un jet d'eau, d'une piscine à moitié remplie de boue et de feuilles mortes. Je sentais la solitude comme injectée en moi par plusieurs seringues plantées dans mes veines. J'avais oublié les gens qui avaient encombré ma vie, avec leurs voix, leurs orifices, leurs visages de femmes. J'ai pris une bouteille de champagne dans le petit frigo, j'en ai bu une coupe, je me suis amusé à vider le reste par la fenêtre.

Je suis sorti, j'ai dîné dans un restaurant de forme triangulaire. Il y avait quelques couples attablés, ils échangeaient des propos à voix basse, sans qu'il y ait jamais plus d'une quinzaine de centimètres entre les extrémités de leurs nez. La nourriture avait un goût fade, j'ai fait changer mon plat plusieurs fois sans que la situation s'améliore. Derrière moi, se tenait une femme d'une cinquantaine d'années que je n'avais pas remarquée en entrant. Elle est venue s'asseoir en face de moi, elle m'a pris la main. Je lui ai dit que j'avais une belle chambre, et que j'aimais dormir seul. Elle a souri, j'ai senti sous la table son pied déchaussé poser ses orteils sur ma verge.

Sa voiture était garée au coin de la rue, nous avons eu un coït sur la banquette arrière. Elle avait les fesses et les seins plats, quant au reste de son corps il était à peine acceptable. Je lui ai confié que j'avais eu une aventure avec une gamine et que son retour d'âge me changeait. Elle m'a léché tout le corps comme une bête excitée par la saveur salée de l'épiderme humain. En passant, elle a bu une éjaculation déclenchée par le déplacement de sa langue sur les bourses, et m'embrassant à pleine bouche elle me l'a recrachée dans la gorge. Cette pratique m'a déplu. Je me suis rhabillé, j'ai claqué la portière derrière moi.

Je suis rentré à l'hôtel, j'ai pris une douche afin de me débarrasser de la fine armure de salive que sa langue avait déposée sur moi. Le lendemain, je l'ai croisée dans la rue. Je l'ai saluée, elle m'a battu froid. Elle m'en voulait encore pour mon mouvement d'humeur, alors que je lui avais pardonné sa muflerie. Je l'ai regardée s'éloigner avec sa langue pendue au fond de sa bouche, et tout son être coagulé dans son crâne comme une grosse goutte de sang qui se prenait sans doute pour davantage qu'un petit bout de femme vieillie à la vulve bourrue.

Le soir, j'ai eu des relations avec un nourrisson dont le sexe m'échappe aujourd'hui. D'abord, les parents étaient consentants, mais ensuite ils m'ont menacé d'appeler la police. Pour les calmer, j'ai dû leur donner tout l'argent qui me restait, ils m'ont même suivi jusqu'à l'hôtel pour se servir dans ma modeste garde-robe.

Dès lors, je n'avais plus rien, je ne pouvais même pas régler ma chambre. Je me suis échappé par le jardin. J'ai enjambé une palissade, j'ai traversé la cour d'un immeuble. J'ai fait une chute en essayant d'escalader un mur. J'étais étendu sur le sol, je ne pouvais plus me relever, il faisait froid, la température dégringolait au fur et à mesure que la nuit tombait. J'ai enlevé mon manteau et ma veste, afin que la chaleur quitte plus vite mon corps. Je m'apprêtais à mourir sans regretter le tapis roulant du futur qui pour moi était sur le point de s'arrêter là.

En fermant ses volets, une femme m'a aperçu. Elle m'a donné à boire un peu d'alcool, elle m'a aidé à me relever, et à monter jusque chez elle. Son visage était comme écrasé, mais elle avait un beau regard vert. Elle a mis un pansement sur la plaie superficielle que j'avais à la jambe, elle m'a couché dans son lit. J'aimais l'odeur des draps qui recelaient des traces de parfum et des effluves de chevelure qu'on est en train de brosser. Je l'entendais faire couler de l'eau dans la salle de bains contiguë, elle est revenue dans une chemise de nuit blanche à travers laquelle je devinais la pilosité et les mamelons. Elle s'est allongée à côté de moi, je lui ai offert un coït pour la remercier de son hospitalité. Tout en copulant, je n'ai pu m'empêcher de lui dire que le plaisir m'exaspérait autant que la douleur, et que je me passais volontiers des deux. Elle a tenu quand même à se mettre dans tous ses états, à prendre ses pieds dans ses mains et à me murmurer des mots tendres qui me donnaient l'impression qu'on me vomissait dans le cou.

Elle a continué son cirque, alors que j'avais terminé depuis de longues minutes. Je me suis dirigé vers la cuisine à la recherche d'aliments.

J'ai mâché du rôti froid, j'ai avalé des fruits. J'ai fouillé son sac posé sur un fauteuil du salon. Elle n'avait qu'un petit billet et de rares pièces de monnaie. Je suis retourné dans la chambre, elle se trémoussait toujours. J'ai allumé le lustre, je lui ai demandé pourquoi elle était venue me chercher, puisqu'elle n'avait pas les moyens de me faire vivre. Elle me regardait avec ses gros yeux verts, son corps vibrait encore davantage.

Il n'y avait pas le moindre canapé dans ce logement, je ne pouvais dormir que dans ce lit. Je me suis trouvé dans l'obligation de lui introduire à nouveau ma verge dans le vagin dans l'espoir de la calmer enfin. Elle a continué ses singeries, je me suis pourtant assoupi pendant le coït. Je me suis réveillé au matin, il faisait encore nuit. Elle avait profité de mon sommeil pour placer ma verge dans son rectum, elle y était encore enfoncée à demi. Je l'ai arrachée, je me suis levé. La vie m'apparaissait brouillée, grise, j'ai sauté tête la première par la fenêtre.

Elle est venue me voir à la clinique, où on m'avait ficelé à mon lit pour m'empêcher de me fracasser la tête contre le mur. Entre deux tournées d'infirmières, elle en profitait pour se mettre à califourchon sur moi et me soutirer un rapport. Je poussais des cris, on ne venait pas à mon secours. Elle soudoyait même le personnel pour pouvoir me visiter à toute heure du jour et de la nuit, me réveillant en sursaut à trois heures du matin avec sa bouche posée sur mon sexe comme un capuchon. Elle en arrivait à s'asseoir dessus avec le mépris qu'on voue aux strapontins.

Elle a donné le mauvais exemple aux infirmières, elles se sont toutes laissé tenter par mon sexe. J'ai subi alors un défilé ininterrompu de cavités buccales, anales, vaginales, qui se sont abattues sur moi comme autant de catastrophes, de tortures. On m'a bâillonné, je m'étouffais quand je voulais émettre une plainte. Je ne pouvais plus bouger les mains, ni les doigts, mes chevilles étaient entravées. J'essayais de ne plus exister que par la pensée, de me faire un corps imaginaire libre et seul en un lieu où les femmes n'ont encore jamais mis un pied.

Je suis sorti de cette épreuve très affecté, vidé de ma substance comme un œuf gobé. On m'avait rendu mes habits, je marchais à petits pas douloureux en me tenant aux poteaux, aux boîtes aux lettres, en m'asseyant sur un capot de voiture quand je n'en pouvais plus. J'avais peur des vagins que je voyais marcher tout autour de moi à l'extrémité de jambes pressées d'aller de l'avant et de se précipiter dans l'avenir avec le reste du corps. Je ne voulais plus que mon sexe soit mis au cachot dans ces organes, j'entendais le garder célibataire, pendu à mon pubis comme une clochette sourde.

Les premiers jours j'ai vécu de pièces trouvées dans le fond de la poche de mon manteau, ensuite j'ai mendié. Je n'obtenais pas grand-chose des passants, le soir j'avais à peine de quoi m'offrir un sandwich. Je dormais dehors, trop faible pour me faire une place dans les rares abris où pullulaient d'autres clochards plus costauds. Je me réveillais le matin bouillant de fièvre, avec des morsures suspectes sur les bras. J'étais ankylosé par le froid, je ne pouvais me tenir droit avant les premières heures de l'après-midi.

Afin d'améliorer mes revenus, j'ai proposé aux gens de les guérir. J'imposais les mains aux cerveaux qui perdaient la mémoire, aux enfants incontinents, aux chiens ingrats, et je disais aux veuves que leur mari allait repousser si elles noyaient leur photo dans un vase. J'ai pu gagner assez d'argent pour louer un appartement et l'arranger à mon goût.

Certains de mes malades faisaient de fréquents séjours dans des services hospitaliers, et mon nom circulait de lit en lit. J'avais une clientèle de plus en plus étendue, je la soignais par la souffrance, convainquant chacun d'abandonner tout médicament, de laisser la douleur le corroder et dissoudre le mal comme le sel fait fondre la glace. Quand un malade était riche, je lui promettais de le ressusciter en cas d'échec.

Je vivais seul, heureux les premiers temps de dormir au sec et de profiter du confort. Je regardais les images du téléviseur prostré sur mon lit. Puis j'essayais d'imaginer un carré de vide dans lequel je puisse éjaculer sans éclabousser personne.

Je me levais en titubant, déçu par cet acte sexuel rudimentaire. Tout m'écœurait, les clients me harcelaient au téléphone. Je répondais au mourant que son heure était venue, je voyais très clairement son âme qui grimpait à mes rideaux avec ses griffes de patapon, elle allait s'envoler par le conduit d'aération, elle le rejoindrait bientôt et lui tomberait sur le visage comme une bouse. Je raccrochais, j'aurais voulu abandonner ce métier, rester au monde sans avoir aucune activité. J'enviais les objets qui vivaient de l'air du temps, je me regardais dans le miroir de la salle de bains, je le brisais d'un coup de front. Je laissais le sang me couler sur le visage, goutter sur la moquette. Je dessinais avec le doigt des bons-hommes sur les murs blancs. Quand l'écorchure ne saignait plus je l'agrandissais avec l'ongle.

Je ne répondais plus au téléphone, je n'ouvrais pas quand on sonnait. Le feu couvait depuis la veille chez un locataire parti en vacances. Malgré la fumée qui commençait à envahir l'appartement en se faufilant sous la porte, je ne me rendais pas compte que l'immeuble flambait. J'aimais cet état d'ébriété qui précède l'asphyxie, j'aurais voulu qu'on me laisse tranquille. Je me serais endormi, je me serais laissé consumer avec l'indifférence d'une chaise ou d'une poutre.

On m'a sauvé, tout mon argent a brûlé dans l'incendie. J'arrêtais les passants, je leur prédisais la date de leur mort. Personne ne me donnait rien, j'étais souvent battu. Le soir j'en étais réduit à manger le pain des urinoirs.

Un jour, je me suis dit que mes parents étaient sans doute encore vivants, et qu'ils se sentiraient obligés de m'héberger si je débarquais chez eux. J'avais beaucoup dérivé depuis mon départ, ils habitaient très loin d'ici. Il fallait que je paye le voyage. Un soir vers onze heures, j'ai aperçu une vieille dame qui traversait le square où je rôdais. Je lui ai arraché son sac, et d'une bourrade je l'ai poussée sur le gazon. Elle s'est mise à hurler, j'ai eu peur qu'elle ameute la police. Je l'ai troussée, je l'ai pénétrée malgré la sécheresse de sa vulve. Je crois qu'elle n'a eu aucun plaisir, mais elle a gémi pour me laisser croire qu'elle était encore capable d'en éprouver. À la fin, elle était silencieuse, immobile, comme si le coït l'avait assommée. J'ai vidé son sac, emportant trois malheureux billets qui ne pouvaient suffire à mon projet.

Le lendemain, j'ai suivi un enfant qui sortait d'un magasin. Je l'ai entraîné à l'intérieur de toilettes automatiques, je l'ai menacé d'un viol. Il m'a donné le peu d'argent qu'il avait dans son blouson, et nous sommes allés ensemble chez lui. J'ai fouillé avec son aide le petit logement où il habitait avec ses parents, je n'ai trouvé que des broutilles. J'allais repartir bredouille, quand il s'est souvenu que sa mère dissimulait sa bague de fiançailles sur l'étagère du lavabo, au fond d'un pot de crème hydratante.

J'ai gardé l'enfant avec moi, tant je me sentais seul. Il n'était pas intelligent, il avait une figure ronde et des jambes si courtes qu'on les aurait presque prises pour des roulettes. Avec l'argent de la bague, je l'ai invité au restaurant. Il m'a dit qu'il avait essayé le mois dernier d'étouffer sa mère alors qu'elle était affaiblie par une bronchite. Quand son père rentrait de son travail l'enfant s'ingéniait à lui mettre dans la tête des idées noires, le persuadant qu'il ne réussirait jamais à être autre chose que rien. Pendant le dîner, il lui disait qu'il avait mauvaise mine, que la mort le travaillait de l'intérieur, qu'il était destiné à tomber en poussière dans la nuit, demain on secouerait le drap à la fenêtre, et elle se perdrait dans la crasse de la cité. Sa mère lui disait mais mon chéri, sans prendre avec plus de vigueur la défense de son époux. Dans ces conditions, le père préférait se passer de repas familial. Il mangeait dans un coin de la cuisine, courbé sur son assiette, la protégeant comme s'il redoutait qu'on la lui jette à terre.

Nous avons passé une nuit à l'hôtel, le lendemain nous avons pris l'avion. Ma ville natale était toujours pareille, avec ses maisons aux toits pittoresques, son ciel bleu comme de l'eau de piscine. Le taxi nous a conduits devant l'immeuble de mes parents. Je n'avais jamais eu de nouvelles d'eux, je n'étais pas sûr qu'ils y habitent encore. La porte d'en bas s'ouvrait comme avant d'un coup d'épaule, et il y avait toujours leur nom sur la boîte aux lettres. L'ascenseur était en panne, nous avons monté les dix étages à pied. Le bouton de sonnette avait été arraché, j'ai frappé. Une vieille femme m'a ouvert tout de suite, il s'agissait bien de ma mère mais elle avait sur le nez une verrue que je ne lui connaissais pas. Je me suis présenté, je lui ai dit que le gamin était un fils que j'avais eu d'une femme volatilisée dans la nature quelques jours après l'accouchement. Elle m'a dit que mon père était mort l'an dernier, et qu'elle aurait aimé le rejoindre. Je lui ai fait remarquer qu'elle avait beaucoup vieilli.

Elle m'a montré sa cuisine au frigo débranché, aux placards vides. Depuis une semaine, elle s'efforçait de ne plus rien manger et de boire le moins possible pour épuiser ses reins. Elle avait une tête de fruit desséché, des cheveux incolores et rarissimes sur son crâne brillant. Je lui ai dit que même sans se priver elle mourrait sans doute dans l'année. Elle m'a répondu tu crois, elle m'a dit que j'étais très maigre, et qu'enfant déjà on aurait dit que j'allais calancher à chaque angine. Elle s'étonnait de me voir debout, vivant, pendant toutes ces années d'absence elle m'avait imaginé au fond d'une cave, avec un couteau planté dans le ventre.

Je me suis assis sur un tabouret. Rien n'avait changé depuis mon départ, les mêmes objets étaient à la même place. Tout s'était usé, dégradé, chargé de verrues comme son nez. Le vieux téléphone noir gisait sur le sol, décomposé en tristes petits morceaux. La grande table marchait sur trois pattes, l'ébénisterie brune du vieux téléviseur était éventrée, et on se demandait ce qui avait pu faire un si grand trou au centre du tapis. Des vitres manquaient aux fenêtres, elles n'étaient pas toutes remplacées par du papier kraft. Le sol était sale, il manquait des tomettes, à certains endroits le ciment était poudreux. Le plafond du salon n'était pas impeccable, mais celui de la salle de bains comportait une béance inexplicable qui donnait sur le ciel. La baignoire et le lavabo étaient conchiés par les pigeons, et on voyait qu'on ne s'en était pas servi depuis des années.

Une odeur nauséabonde flottait dans l'air, j'ai reniflé. Ma mère a dit que les fientes d'oiseaux étaient inodores, la puanteur provenait de l'appartement lui-même où ils avaient vécu un demi-siècle avec mon père. En outre, depuis sa mort elle n'avait jamais eu le courage de se laver, ni de mettre une lessive en route. Déjà, elle avait commencé à se négliger au moment de mon départ de la maison. Malgré tout, elle ne me reprochait rien, elle avait toujours pensé que les mères n'étaient pas faites pour être aimées. Par plaisanterie, je lui ai dit que je l'aimais plus que toute autre femme, et que je ne la méprisais pas de m'avoir mis au monde. Elle a voulu m'embrasser, je lui ai dit qu'elle avait une bouche vraiment décrépite. Elle s'est excusée, pour la taquiner je l'ai prévenue que même dans son piteux état elle pouvait vivre encore plusieurs années. Elle m'a dit que mon père avait un revolver, mais elle ne le retrouvait plus. Je m'étais bien jeté par la fenêtre, elle pouvait en faire autant. Elle avait le vertige, elle refusait de terminer sa vie par ce supplice. Elle aurait voulu s'empoisonner, elle avait absorbé de l'insecticide sans autre résultat que d'affreuses douleurs intestinales. Elle avait demandé à plusieurs voisins d'appeler un médecin, mais tant que l'ascenseur ne serait pas réparé aucun toubib n'accepterait de monter jusqu'ici.

Elle a demandé au gosse s'il n'avait pas soif. Elle lui a donné de l'eau dans un verre crasseux. J'ai dit à ma mère de ne pas compter sur moi pour l'achever, je l'avais perdue de vue depuis trop longtemps. Elle a eu un petit rictus, comme si elle regrettait qu'il n'y ait plus assez d'intimité entre nous pour que j'accepte de l'occire. Je lui ai reproché de ne pas s'être tuée du temps où elle en avait encore l'énergie. À présent elle n'aurait même pas la force de se jeter sous un train, ou de se traîner jusqu'à la mer pour se noyer. Elle m'a avoué qu'enfant elle avait toujours refusé d'apprendre à nager pour garder cette possibilité de suicide à portée de la main. Il lui semblait que la noyade était un plaisir, elle regrettait de ne pas l'avoir connu. Elle avait eu tort de reculer son plongeon d'année en année, elle aurait dû se jeter dans l'eau grasse du port en serrant dans les bras le nourrisson que j'étais autrefois. Elle n'en serait pas réduite à présent au petit feu de cette vie qui à certains moments la faisait pleurer à grands traits.

5

Je ne me souvenais plus pourquoi j'avais éprouvé le besoin de revenir ici. J'ai demandé de l'argent à ma mère, elle m'a regardé avec un sourire triste. Je me disais qu'elle devait bien avoir quelques économies, un bijou caché derrière une plinthe. J'avais toujours gardé souvenir de son gros porte-monnaie en cuir bordeaux usé qu'elle ouvrait chez les commerçants en dissociant les becs de cuivre, et qu'on sentait ventru d'argent frais. Elle en tirait des pièces, des billets, sans qu'il perde sa bedaine, comme si son contenu se reproduisait au fur et à mesure. Il m'était arrivé de puiser dedans, elle ne s'en était jamais aperçue.

Elle m'a dit qu'elle n'avait rien, mais que je pouvais me servir quand même. Le gamin m'a aidé à vider les meubles vermoulus, les placards où les oiseaux avaient fait leur nid, les boîtes en fer remplies de breloques disloquées, de photos moisies, de recettes de cuisine, de papiers officiels, et les tiroirs pleins de vêtements qui tombaient en quenouille dès qu'on posait la main sur eux.

J'ai pu récupérer un morceau de collier en argent, et trois petites perles qui provenaient peut-être d'un habit d'une poupée que ma mère avait eue dans son enfance. Si j'étais venu quelques années plus tôt, j'aurais pu vendre les meubles, les appareils ménagers, et même les vestes, les chemises presque neuves. Je n'ai pas retrouvé l'appareil-photo, la caméra, ni les jumelles qu'utilisait mon père dans mon enfance. Elle m'a dit qu'une fois un cambrioleur était entré dans l'appartement pendant qu'elle était aux toilettes. Elle n'avait pas osé sortir, il avait dû emporter ce genre de bricoles.

Je l'ai prise par le revers de son gilet, je l'ai poussée contre le mur. Je l'ai lâchée, elle s'est affaissée sur le sol. J'ai tâté sa joue du bout du pied, elle a tressailli. Je lui ai fait savoir qu'au lieu de cette comédie j'aurais préféré de l'argent, elle m'a répondu qu'elle n'avait ni retraite, ni compte, ni revenu d'aucune sorte. Je me suis souvenu que mes parents avaient toujours été imprévoyants.

Elle m'a dit tue-moi, tue-moi, s'il te plaît, tue-moi. Je lui ai dit que je la tuerais si elle me donnait au moins quelque chose. Elle a sorti un papier de la poche de sa robe, elle m'a dit que l'an dernier elle avait déposé là-bas une vieille montre en or qui ne marchait plus. On lui avait prêté une somme dérisoire, mais elle n'avait jamais pu la rendre. Même si je devais rembourser le prêt, une fois la montre vendue je ferais sans doute un certain bénéfice. Je ne la croyais pas, elle se redressait pour mieux me convaincre. Elle me disait que cette montre était lourde, que personne n'avait jamais pu la porter tant elle pesait au poignet.

Elle m'a dit encore tue-moi, je lui ai répondu arrête, tu me fatigues, je m'en vais, je n'aurais jamais dû revenir. Le gamin riait, je lui ai dit tue-la si tu es si fort, écrase-la comme une blatte. Il a poussé la table roulante, il a fait basculer le téléviseur sur elle. Elle s'est mise à crier, je lui ai dit et maintenant elle va ameuter tout l'étage. J'en avais assez de ce cauchemar, j'ai pris le gosse par la main et nous sommes sortis du taudis. Nous avons rencontré plusieurs personnes dans l'escalier qui montaient les yeux baissés sur les marches et qui ne nous ont même pas vus. Nous avons quitté l'immeuble. Quelques rues plus loin nous nous sommes assis un moment au hasard d'un banc, heureux de sentir le soleil sur notre peau.

Je me suis rendu au mont-de-piété, on m'a dit que ce récépissé ne provenait pas de chez eux, qu'il s'agissait sans doute d'un vieux ticket de pressing ou d'un billet de tombola périmé. Le gamin se moquait de ma déconvenue, il était encore plus laid toutes dents dehors. J'ai eu envie de m'en débarrasser, je l'ai proposé à un couple de touristes qui prenait des photos d'une église. Ils ne m'ont pas compris, ils m'ont offert un mouchoir en papier comme s'ils me croyaient enrhumé. Sur le port, j'ai dit à un pêcheur que le bout de chou avait envie de se promener en mer. Pendant ce temps, j'irais faire une course. Il a refusé, et la poissonnière à qui j'ai demandé de le surveiller cinq minutes, m'a montré son poing. J'ai dit au gamin de courir droit devant lui, et de se perdre dans le fin fond de la ville.

Il riait encore, je lui ai dit qu'il n'avait plus qu'à s'agréger aux bandes d'enfants défavorisés qui mangent quand ils ont pu voler et jeûnent le reste du temps comme des ascètes. Il restait là, indécis, se tortillant sur place telle une anguille. Je lui ai dit que je n'étais pas un assassin d'enfant, je ne le précipiterais pas sur les rochers d'une calanque déserte. Si son sort lui semblait maussade, il pouvait se tuer par ses propres moyens. Il n'avait pas de relations dans cette ville, personne ne l'en empêcherait.

Je lui ai donné une petite tape sur la joue, pour qu'il comprenne que malgré tout je le trouvais drôle.

Je me suis rendu à l'aéroport, je ne savais pas où aller. J'aurais pu retourner d'où j'étais venu, mais je n'avais pas la moindre raison de le faire. Je n'avais aucune attache nulle part. J'aurais été incapable de citer le nom d'un ami, d'une connaissance quelconque. Les femmes m'avaient permis de survivre, comme des flaques d'eau disséminées dans le désert, mais elles n'avaient pas su gagner ma sympathie, et je les avais quittées sans nostalgie comme on change de brosse à dents lorsque les soies se mettent à frisotter. À présent, j'étais seul au monde, j'aurais été incapable de donner un coup de téléphone à quelqu'un, j'étais bien la seule personne que je connaisse dans tout l'univers.

J'ai acheté un journal, je me suis assis à une table de bar. Les voyageurs allaient par deux ou trois, ils jacassaient devant leurs consommations en émettant de petites quantités de rire. Il y avait quand même un homme seul qui remplissait de notes un agenda, et une femme blonde décolorée, habillée de rouge, qui s'ennuyait derrière un magazine qu'elle remuait de temps en temps pour montrer qu'elle était toujours en vie. Je me disais que maintenant ma mère avait dû mourir, j'aurais dû me sentir triste, ou au contraire plein d'enthousiasme pour l'existence. Un autre que moi se serait mis debout sur une table, et aurait crié à l'aéroport tout entier sa fierté d'appartenir à l'espèce humaine.

Je me suis avancé vers un comptoir de réservation. J'ai cité les noms de villes qui me passaient par la tête, aucune n'était desservie par cette compagnie. Je leur ai demandé s'ils avaient un avion prêt à décoller, ils m'en ont montré un en stationnement sur la piste. J'ai pris un billet avec l'argent qui me restait. J'avais la ferme intention de mettre à profit les deux heures que durerait le vol pour prendre une décision à mon sujet. À l'arrivée, j'exécuterais sans doute la sentence, abandonnant mon corps inerte dans un coin de hall, ou dans les toilettes de l'aéroport, recroquevillé entre la cuvette et le mur.

On m'a installé à côté d'une femme brune, jeune, que je n'avais pas remarquée dans la salle d'embarquement. Lors du décollage, elle m'a demandé si elle pouvait se pencher au-dessus de moi pour voir à travers le hublot. Elle dégageait une odeur subtile de mangue. Je voulais lui parler, mais je craignais de me trahir, de lui apparaître comme le séducteur sans grand scrupule que j'avais été toute ma vie. Je me taisais, la mer et les rochers défilaient sous la carlingue.

Quand on nous a apporté les plateaux-repas, j'ai engagé la conversation. Je lui ai dit que j'étais architecte, elle enseignait l'histoire. Je la regardais dans le fond des yeux à chaque fois que je le pouvais. Elle se laissait faire. J'ai pris sa main sous prétexte de comparer le grain de son épiderme à l'idée que je m'en faisais quand je l'avais aperçue de loin pénétrer dans l'appareil. Nous nous sommes tournés l'un vers l'autre, notre premier baiser a eu lieu. Je lui ai fait remarquer que d'habitude je n'aimais pas embrasser, c'était le premier baiser que je donnais depuis des années. Malgré le manque de commodité qu'offraient les sièges, nous nous sommes serrés l'un contre l'autre. Une hôtesse est venue nous dire qu'à bord certaines attitudes étaient proscrites. Je lui ai demandé des précisions, elle ne me les a pas données.

En débarquant, je lui ai dit que nous pourrions passer la nuit chez elle. Nous avons pris un taxi, elle a voulu que nous dînions d'abord au restaurant. J'aimais ses yeux, j'espérais que son corps dissimulé sous une robe de velours vert ne me décevrait pas quand il serait nu. Elle a pris des crêpes au dessert, je lui ai dit que je détestais les repas qui s'éternisaient. Elle a vu que je ne réglais pas la note, je l'ai même poussée vers elle d'un revers de main. J'ai préféré lui dire tout de suite qu'en fait je n'exerçais aucune profession. Elle a souri. La nappe descendait assez bas pour dissimuler nos cuisses, je me suis baissé et j'ai touché son sexe à travers la culotte. J'ai senti pour la première fois de ma vie que je tombais amoureux d'une personne humaine. En me relevant je lui ai dit que je l'aimais, elle m'a répondu moi aussi. Je ne savais pas si elle était sincère ou si elle se moquait.

Elle avait un bel appartement avec deux chambres vides qu'occupaient jusqu'à l'an passé ses deux petites filles assassinées par un fou sur le chemin de l'école. Je ne savais trop quoi lui dire, je lui ai fait remarquer qu'à présent elles ne risquaient plus de tomber malades. Elle a souri, nous sommes entrés au salon. Elle m'a dit j'ai trop chaud, je me déshabille. Les meubles étaient beaux, il y avait des toiles aux murs. Je me suis dit que j'allais m'installer ici pour quelques années.

Je pourrais même décider d'y mourir, il suffisait d'ouvrir la baie vitrée pour s'écraser vingt-cinq étages plus bas.

Elle m'a demandé si je la trouvais jolie dévêtue, je lui ai dit que sa poitrine tombait beaucoup. Je l'aimais pourtant, je l'aurais même supportée couverte de psoriasis ou amputée. Je lui ai montré mon sexe dur pour lui prouver la force de mon sentiment. Je lui ai demandé si elle voulait des caresses, ou si elle préférait d'emblée que je la pénètre devant, derrière, ou dans le trou de la bouche. Elle m'a dit qu'elle était sous mon charme, que sa vulve était molle et trempée.

Elle s'est assise sur un canapé pour mieux écarter les cuisses et s'exhiber. Les lèvres se dandinaient comme des danseuses, au-dessus le clitoris s'étirait à la manière d'un télescope. J'avais l'impression absurde que toute cette ménagerie était prête à se détacher d'elle et à se poser sur moi d'un saut de grenouille. J'imaginais les lèvres s'étirant assez pour entourer ma tête et descendre peu à peu jusqu'à m'entourer le cou comme la corde d'un gibet, à moins que je ne sois étouffé par le vagin s'enfonçant dans ma trachée à la recherche d'un introuvable pénis intérieur. Elle aussi craignait mon appareil génital, elle se disait que ma verge allait s'égarer, elle trouerait son cœur et notre premier rapport lui serait fatal.

J'ai allumé le téléviseur. Je lui ai dit que j'aimais les documentaires sur la campagne, avec des images de lacs, de clochers et le bruit des vélos sur les chemins. Elle a voulu remettre ses sous-vêtements, je lui ai dit mais non restez toute nue, dans un moment nos organes seront apaisés et nous pourrons faire enfin l'amour. Il y avait des actualités sur toutes les chaînes, nous avions du mal à nous y intéresser.

Pour nous rafraîchir, nous nous sommes mis sur le balcon. Il faisait froid, nous étions entourés d'immeubles aux fenêtres éclairées. Derrière les vitres la vie bruissait, grouillait, comme dans autant de nids d'insectes. Chacun avait une solide raison d'être là, au lieu de s'éjecter pour aller embrasser le bitume lisse et duveteux comme l'épiderme d'un abricot. Je lui ai proposé de sauter, elle a ri. J'étais libre comme l'air, je me suis mis à califourchon sur la rambarde. Elle a fait semblant de me pousser, elle m'a demandé d'essayer de chanter en tombant. Je lui ai dit allez, viens avec moi. Elle a prétendu que la mort ne lui plaisait pas, celle de ses enfants restait pour elle un triste souvenir. Elle était frigorifiée, elle m'a tiré à l'intérieur.

Nos organes étaient calmés, nous avons eu un rapport tranquille, il a duré un peu moins d'un quart d'heure au terme duquel nous avons décidé de passer le reste de notre vie ensemble. Le lendemain matin, elle a refusé de me donner de l'argent, et je lui ai dit que je ne la pénétrerais plus. Elle m'a répondu tu peux foutre le camp, je lui ai dit que je me faisais une autre idée de l'amour. Elle a jeté mon sac de voyage par la fenêtre, je lui ai dit que je serais en droit de lui faire suivre le même chemin comme une pelletée d'ordures. Elle m'a dit déguerpis ou j'appelle la police. J'ai accepté de partir avec un dédommagement pour la perte de mon bagage.

J'ai pleuré dans l'ascenseur, je me suis dit que c'était un chagrin d'amour. J'ai traîné dans les rues à la recherche d'une femme qui me console. J'ai posé mon front contre l'épaule d'un vieil homme assis sur un banc, puis j'ai sangloté, allongé sur le gazon d'un jardin public. Le soir, j'ai pris une chambre dans un hôtel. Le gardien de nuit surgissait toutes les heures pour me dire de pleurer moins fort afin de laisser dormir les autres clients.

Le lendemain, je me trouvais sur un pont avec la ferme intention de me suicider. Une femme m'a demandé si je voulais bien prendre un verre avec elle. Nous nous sommes assis au fond d'un café. Avant de boire elle a voulu que nous nous retrouvions aux toilettes. Nous avons eu un rapport malcommode au-dessus de la cuvette. Revenant nous asseoir, je lui ai dit que je voulais mourir. Elle m'a embrassé, elle m'a dit qu'à mon âge je ferais un beau cadavre. Elle était disposée à m'aider, elle avait chez elle de la corde, des vieux médicaments dont le mélange serait sûrement efficace, sans compter toute une armoire remplie d'oreillers qui pourraient servir à m'étouffer, et le gaz dont je n'aurais qu'à m'enfoncer le tuyau dans la bouche jusqu'à ce que mort s'ensuive. En outre, elle habitait un immeuble au toit en terrasse depuis lequel on pouvait se jeter à la moindre envie. Elle m'a promis qu'en moins d'une semaine mon vœu serait exaucé. D'ailleurs son père, sa mère, ses deux sœurs, ainsi que trois de ses tantes étaient morts par autolyse, elle avait une expérience considérable du décès volontaire. Je lui ai confessé que je n'avais presque plus d'argent, que je ne pourrais même pas subvenir aux frais de mes obsèques. Mais son beau-frère avait une entreprise de construction, il ferait incorporer ma dépouille à une dalle destinée à servir d'esplanade ou d'aire de jeux.

Elle habitait un appartement d'une seule

pièce, vieillot, avec un robinet d'eau dans un angle et des robes, des manteaux, pendus aux murs par des clous. Elle a ouvert la fenêtre aux carreaux fendus, une tache rectangulaire de soleil pâle s'est aussitôt formée sur la moquette éculée. Malgré le froid glacial, elle s'est entièrement déshabillée. Elle s'est allongée de manière à présenter son vagin et sa poitrine à la chaleur des rayons. Elle m'a dit viens, pénètre-moi tout de suite. Je lui ai dit regarde, j'éjacule par la fenêtre, je préfère que mon sperme trempe les passants plutôt que de me répandre encore dans une de ces vulves qui gambadent à la surface du globe comme des lapins innombrables. On ne peut faire un pas sans en croiser douze, cent, et le pire c'est de voir le visage que les femmes exhibent un mètre plus haut sur le devant de leur crâne, cette espèce de masque humanoïde empreint de sympathie à laquelle je n'ai jamais cru.

Elle se dandinait sur le sol, les mains derrière le cou, éprouvant une jouissance certaine dans le seul mouvement des cuisses, du ventre, du frottement des lèvres l'une contre l'autre. Je lui ai dit que je n'avais jamais vu un spectacle aussi laid, qu'elle n'avait même pas l'excuse d'être pubère, ou d'être un bestiau en chaleur qu'on ne peut tenir pour responsable de sa conduite. Elle poussait des râles, alors que j'avais rangé ma verge depuis longtemps.

J'ai voulu me défenestrer, je suis tombé sur un grand balcon, la tête dans une jardinière dont le terreau a amorti ma chute. Une vieille femme est apparue, elle m'a tiré par les pieds à l'intérieur de son logement. Elle m'a donné à boire une tasse de café pour me requinquer, puis elle a exigé aussitôt une relation sexuelle. Quinze minutes plus tard, j'ai dû recommencer, et de quart d'heure en quart d'heure réitérer jusqu'à minuit. Elle est alors tombée dans une sorte de coma, j'en ai profité pour fuir.

Dans la cage d'escalier, une porte s'est ouverte au palier inférieur. J'ai été happé, comme aspiré dans l'obscurité totale d'un logement dont je ne pouvais distinguer le moindre détail. J'ai senti qu'on m'allongeait sur une table, qu'on me soutirait à pleine bouche un sperme dont mon corps fatigué avait encore trace. Puis j'ai été libéré, j'ai atteint la rue. Je me suis allongé face contre terre dans l'espoir qu'un véhicule m'écrase.

Une jeune femme m'a relevé, je lui ai dit que je ne voulais lui rendre aucun service d'ordre génital. Nous sommes quand même montés chez elle où elle m'a fait dormir dans son lit. À mon réveil, je l'ai vue assoupie sur un mauvais fauteuil. Elle avait une belle chevelure blonde, des ongles roses, et un petit nez aux narines discrètes. Je l'ai secouée par le bras, je lui ai proposé de l'épouser. Elle a fait oui avec la tête, puis elle a dit c'est d'accord.

Un mois plus tard nous étions mari et femme. Elle travaillait dans un bureau, nous organisions quelques passes pour pouvoir acheter des vases en porcelaine ou de jolies lampes. Nous avons eu trois enfants, elle a dû beaucoup trimer pour les envoyer en séjours linguistiques ou leur acheter des vêtements adaptés à leur taille en pleine croissance. Les passes lui cernaient les yeux.

6

Je l'ai quittée, le suicide me tenaillait. J'ai essayé de mourir brûlé vif en me douchant d'hydrocarbure dans une station-service à la sortie de la ville. J'ai dû subir des greffes, et malgré tout j'en suis sorti défiguré. Dégoûtées par mon aspect les femmes n'écoutaient pas mes arguments, certaines s'enfuyaient même en riant. J'ai dû me rabattre sur celles qui portaient des lunettes aux verres épais et sombres, qui me voyaient dans un halo. Il arrivait pourtant qu'elles finissent par reconstituer mon visage avec leurs yeux moribonds. Furieuses, elles me bannissaient de leur domicile.

J'en étais réduit aux aveugles qui n'ont qu'une perception tactile des physionomies. Je prenais la précaution d'attirer leurs mains sur mon sexe afin qu'elles oublient au maximum ma figure ravaudée. Je me suis mis en ménage avec une jeune femme d'une trentaine d'années dont les deux parents n'y voyaient rien non plus. La mère me traitait avec affection, bien qu'elle trouve mon contact anormalement peu lisse à chaque fois que nous nous donnions l'accolade. Le père jugeait anormal que je vive sur la pension de sa fille sans même contribuer aux travaux ménagers. Il aurait voulu d'un gendre travailleur, rapportant chaque mois assez d'argent pour envisager une naissance. Sa fille me défendait, prétendant que je m'épuisais à sa vulve et qu'il était impossible d'exiger de moi la moindre tâche supplémentaire. Son père nous mettait à la porte.

En rentrant, j'adaptais sa bouche à mon sexe afin d'oublier les injures du pulseur de sperme dont elle était issue. Je me réveillais au milieu de la nuit, je me demandais pourquoi je restais avec cette fille au lieu de m'aveugler avec un poinçon et de toucher moi-même une pension qui me permettrait de vivre seul. Je craignais la douleur, l'idée des globes coulants, et puis ce monde où la lumière serait éternellement en panne.

J'ai réveillé ma compagne, je lui ai dit que j'étais triste et que si elle ne me trouvait pas une forte somme d'ici la fin de la semaine je me tuerais. Je ne pouvais plus me contenter de son faible revenu, la pauvreté me rendait neurasthénique, toute une partie de mon cerveau était déjà noire comme une coulée de goudron. Elle pleurnichait, répétant qu'elle ne trouverait jamais d'argent nulle part.

Le lendemain elle essuyait ses premières passes, les clients payaient moins cher car elle refusait d'ôter ses lunettes noires. La prostitution la rendait gaie, elle n'aurait jamais cru que son corps de facture très modeste puisse lui rapporter le moindre numéraire. Elle aurait voulu faire une petite fête en l'honneur de sa nouvelle vie, mais je craignais que des becs jaloux cherchent à émietter son enthousiasme et à la détourner du trottoir.

Par manque d'hygiène, elle s'est trouvée enceinte, et par négligence elle est allée jusqu'à accoucher au septième mois d'un garçon qui ne pesait que trois livres et dont tout le monde moquait la maigreur quand on le changeait dans un endroit public. À force de soins, sa mère est parvenue à multiplier son poids par un virgule deux, mais il est mort en tombant de mes genoux où j'avais pris l'habitude de le faire sauter dans l'espoir d'obtenir un sourire de ses lèvres pincées comme celles d'un vieux.

Ma femme a été inconsolable, elle ne voulait

plus se prostituer sous prétexte que l'enfant était sorti par cette voie-là. J'avais beau la secouer, lui dire qu'il lui restait un autre instrument de travail au bas du visage, elle refusait toute clientèle. J'en suis venu à l'attacher sur un siège afin de la faire violer par des payeurs sans scrupule, et je l'ai bâillonnée pour que ses cris n'alertent pas les voisins. Comme elle était entravée, les tarifs étaient plus élevés, d'autant que je la privais de ses lunettes pour ajouter une note étrange à la passe.

Son travail terminé, elle avait tendance à ruer dans les brancards, mais la mélodie des billets que je faisais craquer à son oreille avait un effet sédatif sur sa colère. Elle finissait par s'endormir paisiblement dans mes bras.

Certains clients tenaient à lui infliger des sévices, elle ne voyait pas arriver les coups, n'en ressentant que l'impact dont la douleur n'était pas plus forte que celle ressentie à l'occasion d'une poignée de main un peu brutale. Il arrivait que la cruauté soit poussée plus loin, j'augmentais alors le prix de la passe en proportion. Nous faisions rarement appel à des médecins, une fois cependant son état a nécessité une petite intervention à la cuisse. Elle avait pris goût à l'argent, et malgré son bandage elle a voulu recommencer ses activités. Pour gagner plus, elle a consenti à laisser titiller sa plaie nue par le gland d'un pervers qui poussait des grognements à chaque contact. Effleurant du bout des doigts l'argent gagné en une seule journée dans l'oisiveté totale, elle ricanait en pensant à ses coreligionnaires qui accomplissaient un petit travail dans un bureau ou vendaient bonbons et calendriers dans la rue.

Le dimanche suivant, alors que son père mâchait sa tranche de gigot, elle a sorti des billets sur la table. Elle les a froissés pour qu'il les entende, ne faisant aucun mystère quant à leur origine. Sa mère a pleuré, le père a bondi sur elle dans un état de fureur. Malgré sa cécité, il a réussi à l'attraper et à lui faire mal. J'ai mis le holà, lui plantant une fourchette à dessert dans la région pubienne, et l'assommant. Puis nous avons passé son habitation au peigne fin.

Nous sommes partis avec les pièces d'or qu'il cachait au fond d'un tiroir et une paire de boucles d'oreilles ornées de petits diamants. Elle les a gardées en souvenir, j'ai préféré déguerpir le lendemain, emportant les pièces et le pécule qu'elle avait accumulés au cours de notre liaison. J'ai trouvé une chambre à louer chez une vieille dame qui du matin au soir passait son temps à se lever et à s'asseoir. Elle m'a proposé tout de suite de me faire grâce du loyer en échange d'un service sexuel de temps en temps. Mon visage défiguré ne la dérangeait pas, elle avait eu un mari d'une laideur repoussante et elle concevait même qu'on puisse coucher avec des animaux ou des machines. J'ai accepté.

Trois jours après, j'ai eu un rapport avec son arrière-petite-fille, et l'enfant en est morte. J'ai nié. La semaine suivante j'ai eu des relations avec la plupart des pièces de son mobilier, ainsi qu'avec ses fenêtres. Elle m'en a voulu longtemps, mais à chacun de ses reproches je lui faisais remarquer que j'avais toujours eu de gros besoins. Nos étreintes se déroulaient sur son lit, et grâce à un miroir disposé sur le côté je pouvais constater que nous formions un agrégat peu esthétique.

Quand elle invitait ses congénères à prendre le thé, je provoquais des parties fines où il m'était donné de voir des anatomies dignes du terreau des cimetières, et seul un sentiment voisin de la compassion me poussait à les transpercer quand même de ma verge furieuse d'en être réduite à d'aussi basses œuvres. Bientôt, malgré mon aspect hideux je me suis fait une réputation. Il y avait des femmes qui venaient me voir, je les éconduisais si elles ne m'offraient qu'une somme ridicule.

Je suis parti avec une quinquagénaire déjà malade mais dont le budget nous permettait de voyager. J'appréciais les monuments, les musées aux tableaux représentant des jeunes filles agenouillées sur des prie-Dieu en bois doré. Les couchers de soleil envahissaient mes yeux d'un paysage couleur de règles, et les barques se frottaient aux quais dans l'eau nauséabonde.

J'étais contraint chaque soir de remplir mon office. Je n'avais le droit de cesser de me contorsionner que lorsque le lit gouttait sur le plancher. Nous prenions le petit déjeuner sur la terrasse en contemplant les touristes hallucinés par toute cette eau qui leur semblait provenir d'un siècle qu'ils n'avaient pas connu. Je la pénétrais parfois en plein soleil pour que son bien-être s'accroisse d'être ainsi exhibée comme une affreuse sculpture suspendue.

J'étais écœuré de tourisme, nous sommes rentrés. Sa maladie avait fait des progrès. Dès notre retour, elle a vécu sous perfusion. Quand une intervention s'avérait nécessaire, elle souhaitait que nous fassions l'amour sans tenir compte du choc opératoire. Il fallait même que la ronde des coïts se poursuive quand elle se trouvait sous anesthésie générale et qu'elle ne pouvait plus rien ressentir du tout. Le chirurgien rechignait à travailler dans ces conditions, l'argent faisait taire sa grogne. Au réveil, seule ma semence parvenait à étancher sa soif, puis une sodomie lui était nécessaire pour retrouver le goût de la vie. Elle voulait que l'intromission soit violente, peu lui importaient picotements et déchirures dont elle chérissait la souffrance. Seule la douleur lui prouvait qu'elle n'avait pas encore atteint le stade du macchabée. Elle me suppliait même d'arracher ses points de suture avec mes canines et de mordre sa viande intérieure pour lui faire mal.

Je n'aimais pas assez l'argent pour rester avec elle, j'avais un inextinguible besoin de liberté. Je me suis uni avec une jeune fille qui supportait ma laideur et prenait même du plaisir à embrasser mes cicatrices, les trouvant délicieusement rugueuses comme de la peau d'anus. Nous nous sommes reproduits ensemble, élevant nos enfants dans un quartier populaire où ils apprenaient à se battre et à voler. Nous ne portions jamais la main sur eux, en revanche ils nous donnaient des coups de poing, de pied, nous aspergeant parfois de Javel. Ils prostituaient leur trop jeune sœur dont les chairs ne tenaient pas le coup, ils l'obligeaient à camoufler ses cris de douleur en soupirs de pâmoison. D'après ma femme, l'enfant s'était montrée si insupportable au cours des premiers mois de sa vie, qu'elle ne faisait que payer aujourd'hui ses pleurs nocturnes d'autrefois.

Mon fils aîné faisait des hold-up, je suis parti avec l'argent qu'il entassait dans une cachette. J'ai appris ensuite qu'il avait reçu une balle mortelle tirée par un vigile, et que dans l'espoir de calmer sa peur d'être arrêté pour un petit vol de produits pharmaceutiques, son frère en avait ingéré une partie et s'était éteint. Quant à leur sœur, elle était morte de septicémie à la suite d'une passe qui avait mal tourné. Ne sachant plus où donner de la tête, ma femme avait dansé nuit et jour une semaine durant dans l'appartement vide, avant que le cœur cède.

Je m'étais installé dans un hôtel très bon marché, espérant que mon argent allait me permettre de vivre les quelques années qui me séparaient de la mort. Il m'arrivait d'avoir des envies de suicide, de m'ouvrir les veines, mais je me faisais aussitôt un garrot par couardise. Je couchais avec cinq des locataires de ce garni, elles me trouvaient une vraie gueule de guerrier, elles s'excitaient à la frotter entre leurs cuisses qu'elles serraient à faire voler en éclats mon os pariétal.

Certains matins, il m'arrivait de tenter de me pendre ou de m'empoisonner. Le manque de réussite me rendait triste et m'enlevait le courage de recommencer de sitôt. Je me barricadais dans ma chambre, décidé à rester seul à jamais, et puis j'ouvrais soudain la porte à la première venue. J'essayais de la convaincre de s'étrangler avec une ceinture attachée à une poignée de porte, juste pour me donner l'exemple. Personne ne m'écoutait, on ne pensait qu'à déposer mon organe dans un autre et à m'y remuer. Je sentais l'âge monter en moi, le goût du pervers m'avait passé, je ne rêvais plus que d'une existence solitaire dans une pension de famille dont le mur d'enceinte jouxterait le cimetière où on me jetterait quand j'aurais fait mon temps.

J'ai décampé, prenant le train, l'avion, échouant sur un vieux cargo exempt de femmes. Je passais mon temps à vomir dans ma cabine avec la volonté aiguë de tomber raide mort dans la mare de mes déjections. Quand mon état de santé s'est amélioré, je suis allé me promener sur le pont. J'avais l'air si triste qu'un marin s'est proposé de me jeter par-dessus bord. Je ne possédais pas la somme qu'il exigeait pour me rendre ce service. Il m'a fait remarquer que je pouvais me laisser glisser tout seul par-dessus le bastingage. J'ai débarqué dans un coin perdu où les femmes pullulaient, où les hommes étaient rares comme des pépites. J'ai pris le premier vol pour rejoindre la civilisation.

Je n'avais presque plus d'argent, j'ai loué un studio pour y mourir. Je restais jour et nuit sans nourriture ni distraction. Je regardais par la fenêtre le mur d'en face, proche, gris, qui empêchait la lumière de pénétrer chez moi. J'aurais eu honte si quelqu'un m'avait vu vivre. Quand pour éviter de devenir fou je descendais faire quelques pas dans la rue, je croisais souvent une chienne à longues oreilles qui me donnait envie de me changer en animal afin d'être ainsi promené en laisse, éloigné à l'infini de mon angoisse. J'aurais pu devenir simplement sa queue, son long poil fauve, ou l'un des excréments qu'elle déposait avec nonchalance sur le trottoir. Je me serais jeté dans n'importe quel nouvel état qui m'aurait exilé du cerveau humain.

7

Pour la première fois depuis si longtemps, je n'avais de relations sexuelles avec personne, ni avec moi. J'éprouvais une certaine satisfaction à me dire qu'à présent ma carrière était terminée, et que j'allais mourir tranquille dans ce logement qui ressemblait déjà beaucoup à une tombe.

Des insectes traversaient la pièce à l'occasion, en croisant mon regard ils périssaient pattes en l'air à l'instant même, comme si mon décès imminent les avait infectés.

Je m'étendais épuisé sur le matelas qui me servait de lit, j'essayais de me persuader que j'avais eu une belle existence, avec ces femmes, ces enfants, ces nombreux déplacements qui réunis entre eux auraient fait un long voyage. Je n'étais pas sûr d'avoir jamais aimé un être vivant, ni même d'avoir eu de l'affection pour un objet.

Pourtant, au-delà du sexe, j'avais pu bénéficier de la sympathie de partenaires dont j'avais oublié jusqu'aux yeux brillants comme des babines.

J'avais connu le bonheur que fait monter en soi l'émission du sperme, celui d'avaler la nourriture, la boisson, et le plaisir d'amener la digestion à son terme. J'avais pris la peine chaque matin d'ouvrir les yeux, j'avais respiré jour et nuit. La mort était là, je la voyais, rayon de poussière dans le faisceau de la lampe. Je sentais déjà la vermine dévorer ma carcasse et se reproduire à la vitesse de la lumière. On aurait dit que ma mémoire la précédait dans sa tâche, s'autodétruisant, dévorant les souvenirs avec la nonchalance et la célérité d'une jeune femme ingérant du pop-corn au cours d'une séance de cinéma.

Ma conscience se morcelait en une mosaïque mouvante, à chaque période elle s'organisait en un dessin nouveau et ma perception se modifiait. Il m'arrivait de me sentir heureux, de voir toute ma vie affluer à moi paisiblement. Puis les souvenirs perdaient leur fraîcheur, ils étaient déjà percés des trous de la corruption, je ne percevais plus rien d'autre qu'une dentelle de mémoire ajourée à l'extrême où il était impossible de distinguer la couleur d'une voix, les nuances d'un visage.

Je me levais, je courais sur place afin de chasser ce cauchemar. J'exécutais de petits sauts, je tapais des pieds sur le plancher afin de m'étourdir de bruit.

Un jour que je m'agitais avec une vigueur particulière, on a sonné. J'ai ouvert. Cette femme habitait sur le même palier, je ne l'avais encore jamais vue. Elle m'a dit que le bruit ne la dérangeait pas. Elle m'avait souvent observé par son judas alors que je passais devant sa porte pour prendre l'escalier. Elle aimait ma laideur, je lui ai demandé si elle accepterait d'aspirer le sperme d'hommes prêts à payer. Elle m'a objecté sa soixantaine et son mépris de l'argent. Je lui ai dit de partir, elle est entrée, elle s'est assise sur le bord du matelas. Elle a dit je reste, nous mourrons ensemble couple de petits vieux. Elle s'est un peu troussée, je lui ai expliqué qu'avant d'avoir peut-être des rapports avec moi, elle devrait se prostituer de toutes ses forces durant une quinzaine de jours. Mon affection était à ce prix, elle n'avait qu'à descendre tout de suite dans la rue.

Les passes auraient lieu à son domicile, elle me glisserait le produit de son commerce dans ma boîte aux lettres. Cet examen de passage réussi, il faudrait encore qu'elle me convienne et sache le cas échéant me distraire en faisant appel à ses relations. La vie m'avait rendu difficile, elle ne m'aurait pas sans peine. À présent, elle pouvait partir, et aussi bien quand elle reviendrait me voir après avoir subi deux cents passes, elle ne trouverait plus dans un coin de la pièce qu'un corps sans vie de trépassé volontaire. Avec les finances accumulées par sa bouche, sa vulve, ou la terminaison de son tube digestif, elle n'aurait plus qu'à m'offrir un petit enterrement et à suivre le fourgon avec un taux invraisemblable de spermatozoïdes dans le sang qui vibrionneraient en elle comme des diablotins. Elle riait, je lui ai dit ma mort n'est pas un événement cocasse, et je lui ai conseillé de ne plus ouvrir désormais sa bouche qu'à bon escient pour éponger la rue. Les larmes sont apparues dans ses yeux, j'ai profité de son abattement pour la jeter dehors.

Elle est revenue un jour avec assez de billets pour que j'accepte de lui laisser l'usage de mon corps une nuit durant. Vers quatre heures du matin, elle m'a avoué dans les vapeurs de l'acte qu'elle n'avait pas osé se vendre. Elle s'était procuré cette somme en volant un jeune paralysé qu'elle gardait parfois pour améliorer sa retraite. Afin de l'empêcher de parler, elle l'avait dévitalisé au couteau en pratiquant une large incision. J'ai craint les ennuis, j'ai préféré la dénoncer.

Elle m'a écrit plusieurs fois de sa prison pour me demander de lui rendre visite. Je me suis tenu tranquille, et j'ai fini par l'oublier.

J'avais toujours en moi cette envie de mourir. J'existais tout autour comme une simple épaisseur de muscle, comme de la peau, comme une couche de pigments qui donnait couleur humaine à ce violent besoin. Mais les années passaient, je n'étais qu'une petite personne lâche qui par incurie finirait peut-être par décéder de mort naturelle.

Un soir j'ai tué avec un marteau une femme qui rentrait chez elle, le lendemain un homme qui achetait des pommes dans une épicerie. Puis, une demoiselle dont l'extrémité de l'index était posée sur la sonnette d'un avocat, et un enfant qui jouait seul avec un ballon dégonflé. Avant chaque meurtre, je pensais qu'on me prendrait sur le fait et qu'à l'idée d'accomplir plusieurs années de détention je me suiciderais dans ma cellule. Mais je m'enfuyais sitôt mon forfait accompli, et je rentrais chez moi sans encombre.

Je n'étais pas heureux, une relation durable me manquait. Je ramassais des gamines à peine pubères, ou glabres comme du formica. Elles refusaient de me présenter leur mère, ou même de me la montrer subrepticement quand elles faisaient leurs courses. J'avais l'âge de leurs grands-parents, elles me le faisaient sentir d'une voix acide quand je leur réclamais une caresse qui leur semblait déplacée. Elles avaient parfois un physique très grêle qui me permettait de les plier à mon gré, ou de les câliner avec violence si par hasard elles m'agaçaient.

Cette existence m'accablait, j'en descendais les marches de plus en plus vite, et l'obscurité, le silence, m'effrayaient.

Je cherchais les émotions fortes jusqu'à me faire sodomiser par des pénis larges comme des fers à cheval. Je rentrais au matin délabré, je devais souvent appeler un médecin pour qu'il me panse, et m'injecte un somnifère qui me matraque. Je me réveillais quelques jours plus tard avec l'impression de me relever d'entre les morts, de ne même plus reconnaître la matière dans laquelle j'étais coulé, ni la forme de mon visage qui me paraissait étranger comme une sculpture exotique. Tout me semblait écroulé autour de moi, les objets m'apparaissaient en morceaux, mon regard était incapable de les reconstituer. Je tombais dans l'escalier, dehors les gens me faisaient peur comme des monstres préhistoriques. Je me réfugiais derrière les haies de poubelles, je me racornissais sous les camions en stationnement.

Je criais, je hurlais en serrant les poings. Je n'identifiais pas la figure humaine, je n'y voyais qu'un agrégat de chairs hétéroclites. Je n'avais plus aucune mémoire de rien, comme si j'étais né vingt minutes plus tôt des draps de mon lit. La vie était une simple torture, je ne comprenais pas pourquoi on me l'infligeait. Je ne sortais de ma cachette que pour tituber sous l'impression que me faisait le réel. Un jour, j'ai confondu un véhicule de livraison en mouvement avec un mur contre lequel je croyais trouver refuge. J'ai perdu une jambe dans l'accident, j'en ai été réduit par la suite à évoluer avec une prothèse.

J'étais laid, handicapé, sans ressources. Il arrivait que même les femmes âgées me repoussent. Quand une vieille m'accordait malgré tout ses faveurs, je nettoyais son compte en banque. Je devenais avare avec l'âge, j'accumulais de petites liasses que je cousais moi-même dans la doublure de mes vêtements. J'aurais voulu m'en faire transplanter, on n'aurait eu qu'à me rouvrir en cas de nécessité.

La nuit j'essayais de venir à bout des passants pour vider le contenu de leur portefeuille, mais je n'avais même plus la force de tuer. Je rentrais chez moi triste, avec une envie de mort, de squelette, de cendre.

8

Je suis trop âgé pour recommencer à mener une vie d'aventure. Je voudrais rencontrer une femme jeune et saine qui sache m'apprécier. Nous aurions un enfant, elle occuperait un poste dans une administration. Grâce à son traitement nous ferions face au quotidien. Nous ne prostituerions jamais le gamin, sauf si quelqu'un nous proposait une somme astronomique qui nous donne la possibilité d'acquérir un logement ou de faire le tour du monde. Quand il serait plus grand, nous lui expliquerions les raisons qui nous avaient poussés à faire ce choix.

Adolescent, il apprendrait lui-même à louer son corps aux femmes et aux hommes qui en éprouveraient le besoin. Il connaîtrait le plaisir de dépenser un argent gagné sans long travail, et il nous remercierait de ne pas lui avoir inculqué le culte des diplômes et des situations. Il passerait le plus clair de son temps à traîner au lit, à prendre des bains, et à acheter n'importe quoi dans les boutiques pour éviter de s'ennuyer et de souffrir du spleen.

Il aurait un grave accident à dix-neuf ans qui l'amènerait à demeurer tétraplégique le restant de sa vie. Nous n'aurions pas le courage de mettre fin à ses jours. Nous le visiterions plusieurs fois par semaine, puis nous l'abandonnerions l'un après l'autre à la suite de nos décès successifs.

Mais il me faudrait une énergie démesurée pour convaincre une chair jeune de s'allier à moi. Parfois, j'accroche une trentenaire dans la rue. Je lui fais miroiter une retraite que je ne perçois pas, ainsi qu'une performance génitale que je ne suis plus certain de pouvoir assurer. On me repousse en ricanant. Je rentre chez moi penaud, déplorant d'avoir utilisé mes années d'existence si misérablement.

Toute ma vie je n'ai été qu'un pantin aux mœurs grossières. Les femmes m'ont souvent nourri, jamais aimé.

Je voudrais m'éliminer comme un déchet, même si le suicide n'est pas une joie, même si ce geste anodin oblige à s'arc-bouter une dernière fois avant que la conscience s'anéantisse.

DU MÊME AUTEUR

Composition CMB Graphic
Impression Novoprint
à Barcelone, le 10 mai 2006
Dépôt légal : mai 2006

ISBN : 2-07-00864-2./Imprimé en Espagne.